Paul Graf Yorck von Wartenburg

Die Katharsis des Aristoteles und der Oedipus Coloneus des Sophokles

Antigonos

Paul Graf Yorck von Wartenburg

Die Katharsis des Aristoteles und der Oedipus Coloneus des Sophokles

Unveränderter Nachdruck der Originalausgabe von 1866.

1. Auflage 2024 | ISBN: 978-3-38616-006-3

Antigonos Verlag ist ein Imprint der Outlook Verlagsgesellschaft mbH.

Verlag: Outlook Verlag GmbH, Zeilweg 44, 60439 Frankfurt, Deutschland, info@outlook-verlag.de
Vertretungsberechtigt: E. Roepke, Zeilweg 44, 60439 Frankfurt, Deutschland
Druck: Libri Plureos GmbH, Friedensallee 273, 22763 Hamburg, Deutschland

DIE
KATHARSIS DES ARISTOTELES

UND DER

OEDIPUS COLONEUS DES SOPHOKLES

VON

PAUL GRAF YORCK VON WARTENBURG.

BERLIN.

VERLAG VON WILHELM HERTZ.

(BESSERSCHE BUCHHANDLUNG.)

1866.

SEINEM LEHRER UND FREUNDE

DEM

PROFESSOR DR. BRANISS

DER DANKBARE VERFASSER.

Nachstehende Abhandlung verdankt ihre Entstehung der dem Verfasser von der Ober-Examinations-Commission für die Prüfung zu den höheren Verwaltungsämtern gestellten Aufgabe: an einer Sophokleischen Tragödie zu entwickeln, wie sie geeignet ist, nach Aristoteles kathartisch zu wirken. Die Lösung dieser Aufgabe machte eine eingehende Betrachtung eines der Sophokleischen Dramen nothwendig, während die Entwickelung des Begriffes Katharsis nur in allgemeinem Umrisse gegeben werden konnte, sollten nicht die Grenzen des Themas weit überschritten erscheinen. Vielleicht ist es dem Verfasser in Zukunft vergönnt, eine nähere Ausführung und weitere Begründung der von ihm aufgestellten Ansicht von der Katharsis zu geben und durch eine vollständigere, nicht durch die Fassung eines von Aussen her gegebenen Themas bestimmte Behandlung des Gegenstandes der Bedeutung desselben gerecht zu werden.

Im September 1866. **Der Verfasser.**

Aristoteles definirt in dem uns erhaltenen Buche über die Dichtkunst (cap. 6. §. 2.) die Tragödie folgendermassen:

ἔστι τραγῳδία μίμησις πράξεως σπουδαίας καὶ τελείας, μέγεθος ἐχούσης, ἡδυσμένῳ λόγῳ, χωρὶς ἑκάστῳ τῶν εἰδῶν ἐν τοῖς μορίοις, δρώντων καὶ οὐ δι᾽ ἀπαγγελίας, δι᾽ ἐλέου καὶ φόβου περαίνουσα τὴν τῶν τοιούτων παθημάτων κάθαρσιν.

Das heisst: Es ist die Tragödie Nachahmung einer ernst bedeutenden und in sich abgeschlossenen Handlung von einer gewissen Grösse, in gewürzter Rede, deren Würzen getrennt in den verschiedenen Theilen zur Anwendung kommen, mittelst handelnder Personen, und nicht durch Erzählung, durch Mitleid und Furcht die „Reinigung" solcher Leidenschaften bewirkend.

Fast ein jedes Moment dieser Begriffsbestimmung ist den Philologen ein Gegenstand des Streites gewesen, und es hat langer Zeit bedurft, um den rein grammatikalischen Zusammenhang der Aristotelischen Worte zu finden, und die Richtigkeit des gefundenen über jeden Zweifel zu erheben. Längere Zeit noch herrschte Meinungsverschiedenheit über den Sinn einzelner Worte, und das besonders bedeutsame Schlusswort erfährt noch gegenwärtig die verschiedensten Auslegungen. Denn durch die Uebersetzung ist für das Verständniss von Katharsis nichts gewonnen, da Reinigung ebenso wie Katharsis nicht in der eigentlichen, sondern in metaphorischer Bedeutung gebraucht ist. Die Stelle der Poetik, welche eine nähere Erläuterung gab, findet sich in dem uns erhaltenen Bruchstücke nicht mehr vor, und so, der unmittelbaren Leitung des Meisters entbehrend, hatten seine Ausleger die Qual der Wahl unter den mannigfachen Anwendungen, welche die Allgemeinheit des Begriffes Katharsis gestattet.

Bei der Wichtigkeit, welche der richtigen Deutung der Katharsis für das Verständniss der griechischen Tragödie beigelegt werden muss, ist es als eine günstige Schickung anzusehen, dass Lessing, hier wie in so Vielem epochemachend, diese Stelle der Poetik einer eingehenden Prüfung unterworfen hat, der erste und von sich selbst beginnend, wenn gleich mehrere vor ihm die Aristotelische Definition der Tragödie übersetzt und nach Gutdünken paraphrasirt haben. Lessing*) kommt zu dem Resultate, Aristoteles verstehe unter der Reinigung des Mitleids und der Furcht durch Erregung derselben nichts anderes, als „die Verwandlung der Leidenschaften in tugendhafte Fertigkeiten." „Da aber", so fährt er fort, „bei jeder Tugend, nach unserem Philosophen, sich diesseits und jenseits ein Extremum findet, zwischen welchen sie inne stehet; so muss die Tragoedie, wenn sie unser Mitleid in Tugend verwandeln soll, uns von beiden Extremis des Mitleids zu reinigen vermögend sein; welches auch von der Furcht zu verstehen."

Die Wirkung der Tragödie ist somit nach Lessing von Aristoteles als eine moralische bezeichnet. Die Leidenschaften des Mitleids und der Furcht werden durch die Erregung, welche sie in der Tragödie erfahren, in tugendhafte Fertigkeiten verwandelt, und diese Verwandlung wird dahin erläutert, dass die Leidenschaften auf das richtige Maass gebracht werden.

In unbestimmterer Weise hat Herder von der Katharsis gesprochen.**) Das schwunghaft Rhetorische seiner gewürzten Ausdrucksweise macht ein sicheres Urtheil über seine Ansicht unmöglich. Theils nennt er die Katharsis eine Entsühnung den Gedanken der Lustration streifend, theils bezeichnet er sie als Ordnung und Läuterung der Leidenschaften; einmal sind es ihm die Zuschauer, an welchen die Katharsis sich vollzieht, ein anderes Mal die Personen der Tragödie. Die letztere Ansicht findet sich klar und in bewusstem Gegensatze zu Lessing ausgesprochen bei Goethe.***) Er giebt die Definition des Aristoteles folgendermaassen wieder:

> „Die Tragödie ist die Nachahmung einer bedeutenden und abgeschlosse-
> „nen Handlung, die eine gewisse Ausdehnung hat und in anmuthiger
> „Sprache vorgetragen wird, und zwar von abgesonderten Gestalten, deren
> „jede ihre eigene Rolle spielt, und nicht erzählungsweise von einem Ein-
> „zelnen; nach Verlauf aber von Mitleid und Furcht mit Ausgleichung sol-
> „cher Leidenschaften ihr Geschäft abschliesst."

· Die Irrthümer dieser Uebersetzung erhellen aus einer einfachen Vergleichung derselben mit den Worten des griechischen Textes; aber, auch wo er irrte, ist Goethe voll Weisheit. Mit einem maassgebenden Gefühle für die Antike begabt und ein Dichter, vindizirte er der Tragödie vollste Selbstgenugsamkeit und erkannte den ihr zur Moral gegebenen Bezug als ihrem eigensten Wesen widersprechend. Solchen Bezug konnte Aristoteles ihr nicht gegeben haben und nicht verstanden ihn, die ihn so verstanden wissen wollten.

---

*) Hamburgische Dramaturgie 78. Stück p. 352 der von Lachmann besorgten Gesammt-Ausgabe Lessing's.

**) Herder: sämmtliche Werke 17. Theil p. 210—224.

***) Göthe: Nachlese zu Aristoteles Poetik p. 12—15 Bd. 33 der 40-bändigen Gesammtausgabe.

An die Wahrheit der eigenen Erfahrung, dass die Tragödie keine moralische Besserung bewirkt, hielt Goethe die Aristotelische Definition und kam zu dem Resultate, dass eine Auslegung dem Sinne der Aristotelischen Worte nicht entsprechen könne, welche der selbstempfundenen Wahrheit widersprach.

Die Erkenntniss, dass in eine Begriffsbestimmung accidentelle Merkmale nicht aufgenommen werden dürfen, veranlasste Goethe unter der Katharsis nicht eine Wirkung auf die Zuschauer, sondern eine „aussöhnende Abrundung" zu verstehen. So unbestreitbar richtig es nun ist, dass eine Definition, welche ist, was sie zu sein vorgiebt, das Wesentliche von dem Zufälligen scharf abgrenzen muss ($\delta\varrho o\varsigma$ $\tau\tilde{\eta}\varsigma$ $o\vartheta\sigma\iota\alpha\varsigma$), so bedenklich ist es, wie Goethe es gethan, die Wirkung einer Dichtung als ausserwesentlich anzusehen. Es scheint bei ihm, wie bei vielen der anderen Ausleger der Aristotelischen Worte, eine nicht gehörige Sonderung von Zweck und Wirkung — dem immanenten Zwecke — unterzulaufen. Ein jeder Zweck ist ein äusserliches, die Wirkung der Tragödie aber ist ihr Wesen selbst in seiner naturgemässen Aeusserung. Dass einer so verstandenen Wirkung Göthe den Platz in der Definition der Tragödie nicht versagt haben würde, dessen dürfen wir uns mit Bernays versichert halten.*)

In dürftiger und wenig befriedigender Weise hat Friedrich von Raumer**) in seiner Abhandlung über die Poetik des Aristoteles und sein Verhältniss zu den neueren Dramatikern von der Katharsis gehandelt, welche sich ihm, wie den übrigen noch zu erwähnenden Auslegern, an den Zuschauern vollzieht. Seine Worte lauten:

„Die Reinigung ist keineswegs eine Vernichtung der Leidenschaften, son-
„dern eine Hinführung auf das Mittlere mit Ausschliessung des Zuviel und
„Zuwenig. — Andererseits war die Katharsis dem Aristoteles gewiss nicht
„bloss eine quantitative, sondern auch eine qualitative Veränderung."

Wir werden hierdurch in der Erkenntniss des dunklen Begriffs in nichts gefördert. Denn mit der Deutung der Katharsis als einer Hinführung auf das Mittlere ist nichts als eine Wiederholung der Lessingschen Ansicht gegeben; der Raumer eigenthümliche Gedanke aber, wonach Katharsis auch eine qualitative Veränderung begreift, während die Wandelung der Leidenschaften nach Lessings Auffassung, wie wir gesehen haben, nur eine quantitative Bestimmung derselben ist, erhält weder Begründung noch Erläuterung und bleibt somit eine unfruchtbare Behauptung.

Ungleich eingehender und belehrender sind die Untersuchungen E. Müllers***) über den Begriff der Reinigung. Nach ihm ist sie die Umwandlung der dem Mitleid und der

---

*) Bernays: Grundzüge der verlorenen Abhandlung des Aristoteles über Wirkung der Tragödie pag. 174. Breslau 1857.

**) Friedrich von Raumer: Ueber die Poetik des Aristoteles und sein Verhältniss zu den neueren Dramatikern. Berlin 1829.

***) E. Müller: Geschichte der Theorie der Kunst bei den Alten Bd. II. S. 62. 377—388.

Furcht, sowie anderen Leidenschaften anhaftenden Unlust in Lust „oder steht damit wenigstens im innigsten Zusammenhange." Das Letztere, nämlich dass die Katharsis in einem innigen Zusammenhange mit der Lust ($\dot\eta\delta o\nu\dot\eta$) steht, ist ebenso richtig, weil mehrfach von Aristoteles bezeugt*), als ungenügend für die Erkenntniss des Wesens der Katharsis. Denn ein inniger Zusammenhang setzt immer eine Verschiedenheit voraus und somit bliebe die Katharsis ein Räthsel, wennschon vielleicht der Auflösung näher geführt durch die auf die allegirten Stellen der Poetik basirte Ansicht ihrer inneren Verwandschaft mit der Lust. Jedoch das unbestimmte Urtheil ist das zweite; in dem ersten Theile des angeführten Satzes giebt Müller seine Ansicht bestimmt dahin ab, die Katharsis bestehe in der Umwandlung der den Leidenschaften anhaftenden Unlust in Lust. Wie die Tragödie diese Lust zu erregen vermöge durch Erweckung der Leidenschaften, welchen Unlust beizuwohnen pflege, glaubt Müller durch Folgendes deutlich gemacht zu haben: Tragisches Mitleid und tragische Furcht seien von den gleichnamigen gemeinen Affektionen darin verschieden, dass sie nicht einzelne Einzelnen widerfahrene Uebel, sondern die der ganzen Menschheit gemeinsamen Leiden zu ihrem Gegenstande hätten. Diese Allgemeinheit des dargestellten Leidens rufe zwar einerseits Mitleid und Furcht hervor, andererseits wirke sie aber der Macht dieser Leidenschaften entgegen, dadurch dass das Leid, eben weil ein allgemeines, einem jeden Einzelnen ein fremdes und ideelles bleibe, und so behalte der Zuschauer bei niemals vollständiger Illusion das, wenn auch durch Mitleid und Furcht getrübte, Bewusstsein eigener augenblicklicher Sicherheit. In der Empfindung hiervon bestehe die Lust, welche die Tragödie an die Stelle der Unlust der Leidenschaften setze und Aristoteles unter der Katharsis verstanden wissen wolle.

Es ist augenfällig, dass dieser Versuch Müllers, die von ihm vertretene Ansicht zu begründen, ein verfehlter ist. Denn das Lustgefühl, dessen Inhalt die Empfindung der eigenen momentanen Gefahrlosigkeit ist, ist dem Mitleid und der Furcht entgegengesetzt. Wer diese Lust empfindet, ist fern von der Täuschung der Bühne, welche eine Voraussetzung der Erregung jener Affektionen ist. Er verschliesst sich der Magie des Schauspiels, und entzieht sich somit aller Wirkung desselben. Die Zustände dessen, der mitleidet und fürchtet durch die Darstellung der Tragödie und dessen, der die eigene Wirklichkeit der Dichtung gegenüber festhält, sind geradezu einander entgegengesetzt. Die Leidenslust, welche die $\kappa\alpha\vartheta\alpha\varrho\sigma\iota\varsigma$ $\tau\tilde\omega\nu$ $\pi\alpha\vartheta\eta\mu\dot\alpha\tau\omega\nu$ vom hedonischen Gesichtspunkte aus sein muss, ist, eben weil sie Lust am Leiden ist, jener Empfindung gegensätzlich, welche aus der Freude am Nicht-Leiden besteht. Bezeichnete Katharsis in der That dieses Lustgefühl, so wäre ein der Tragödie Widersprechendes von Aristoteles als Wesensbezeichnung in die Definition derselben aufgenommen worden. So erhalten wir, während wir die Enthüllung der mystischen

---

*) Poetik c. 13 §. 7, c. 14 §§. 2—3, c. 27 §. 7.

Natur der Lust am Leiden erwarteten, statt dessen als Auflösung des Räthsels von der Katharsis die schwachherzige und matte Lust an der eigenen augenblicklichen Sicherheit. Turpiter atrum desinit in piscem mulier formosa superne.*) Nährte die Tragödie solch kleinlich egoistischen Sinn, es bedürfte nicht eines Platon, um die Dichtkunst aus dem Staate zu verbannen. Solche Lust ist gewiss nicht die der Tragödie.

Einen Beleg für die Richtigkeit der hedonischen Ansicht der tragischen Katharsis findet Müller in mehreren Stellen der Aristotelischen Poetik, sowie in der Politik VIII. 7. In der Poetik (c. 14 §§. 2—3) sagt der griechische Aesthetiker, der Dichter müsse eine aus Mitleid und Furcht durch Vermittelung der Nachahmung hervorgehende Lust bereiten. Diesen Worten schiebt der Interpret**) den Sinn unter, die von Mitleid und Furcht ausgehende Lust sei der Zweck der Tragödie. Die Willkürlichkeit der Auslegung ist zu einleuchtend, als dass sie einer eingehenden Widerlegung bedürfte. Aristoteles sagt mit keinem Worte, die durch die Tragödie bereitete Lust sei eine wesentliche Wirkung derselben. Diese Stelle beweist eben nur den innigen Zusammenhang von Katharsis und Lust. Nicht grössere Beweiskraft wohnt den beiden anderen, die tragische Lust erwähnenden Stellen***) der Poetik bei. Denn auch sie besagen nichts weiter, als dass die Tragödie eine besondere Art der Lust, nämlich eine solche, welche aus Mitleid und Furcht entspringt, hervorrufen müsse. Wenn somit die Poetik keinerlei Stütze bietet für die hedonische Ansicht der Katharsis, so giebt die Politik sogar den klaren Beweis ihrer Unrichtigkeit durch die Unvereinbarkeit derselben mit den Worten des Philosophen. Aristoteles nämlich sagt daselbst an der oben angeführten Stelle, es müsse für Alle irgend eine Katharsis geben und sie unter Lustgefühl erleichtert werden können. „Und" ist hier offenbar in erläuterndem Sinne gebraucht, so dass der Katharsis das unter Lustgefühl Erleichtertwerden entspricht. Es erhellt somit in evidenter Weise, dass die Begriffe der Katharsis und des Lustgefühls sich nicht decken. Ebendort stellt Aristoteles der Katharsis die Ergötzung gegenüber, was bei der nahen Verwandtschaft der Begriffe Lust und Ergötzung in hohem Grade auffallend sein würde und somit gegen die hedonische Bedeutung der Katharsis spricht. Ein Ausleger des Stagiriten muss vor Allem im Auge behalten, dass dieser, wie kein Anderer, scharf und bestimmt in Denk- und Ausdrucksweise ist. Wer so weiss, was er sagen will und wie er es zu sagen hat, wie der mit einziger Fähigkeit der Begriffsbestimmung begabte Aristoteles, der verlangt eine andere Weise der Behandlung, als mancher der Modernen, deren Gedanken und Schreibweise häufig an das unbestimmte Helldunkel einer bekannten Malerschule erinnern. Ein scharfes Sondern und Auseinanderhalten der Begriffe ist daher eine Vorbedingung für das Verständniss des Aristoteles, und wer dazu un-

---

*) Horaz: De arte poetica v. 3. 4.
**) Müller p. 62.
***) c. 13 §. 7, c. 27 §. 7.

fähig oder unlustig in einem sogar als Terminus von dem Philosophen gebrauchten Ausdrucke dies und jenes in lockerer Verbindung Stehende findet, der hat das Richtige gewiss nicht gefunden.

In diesen Fehler ist, wie mancher Andere, auch Müller verfallen. Denn nachdem er die Katharsis als Wandlung der den Leidenschaften anhaftenden Unlust in Lust erklärt hat, sieht er sie an einer anderen Stelle (II. p. 379) seines Werkes in der Rektifikation der Furcht und des Mitleids, so dass die Furcht nur dann, aber dann auch unfehlbar, sich rege, wenn eine fürchtenswerthe Veranlassung eintritt; und ebenso in Betreff des Mitleids. Es ist diese Ansicht nicht, wie Müller stillschweigend annimmt, mit der oben erwähnten identisch, sondern durchaus von ihr verschieden, und ist mit der einen der Sinn der Katharsis getroffen, so hat ihn die andere verfehlt.

Von den bisher erörterten Auslegungen abweichend, aber unter einander verwandt sind die Auffassungen der Katharsis, welche Brandis, Bernhardy und Zeller vertreten. Brandis*) fasst sie als ein Lust verursachendes harmonisches Mischungsverhältniss — an anderen Stellen nennt er es Mittelmaass**) — der Affekte des Mitleids und der Furcht, hervorgerufen durch Abstreifung des selbstischen und pathologischen Elementes jener Leidenschaften. Die nähere Erläuterung dessen, was unter Abstreifung des Selbstischen zu verstehen sei, giebt folgende Stelle (II. Abth. 2. S. 1712):

> „Auf die Weise, indem wir Handlungen und Charaktere über den Bereich
> „des Zufälligen hinaus unter der Form der Allgemeinheit auffassen, nach
> „Abfolge dessen, was unabhängig von zufälligen Eingriffen geschehen sollte,
> „in sich einstimmig sich entwickeln lassen, kann es uns gelingen über die
> „schmerzlichen Empfindungen der Furcht und des Mitleids zu derjenigen
> „Freudigkeit uns zu erheben, welche alle Kunst erzeugen soll, oder jene
> „Affekte in diese umzusetzen."

Der Begriff der Katharsis ist Brandis also durch die Bezeichnung derselben als eines Lust bereitenden Mittelmaasses nicht erschöpft, sondern aus der näheren Bestimmung ihrer Erzeugungsweise für sie der Charakter eines Erkenntnisszustandes von sittlicher Schattirung gewonnen. Denn dahin sind doch wohl die Worte, dass die „Auffassung unter der Form der Allgemeinheit" kathartisch wirke, zu verstehen. Doch kann es gleich bei Brandis, der in unbestimmter Vieles sagender Weise mehr über die Katharsis spricht, als dass er ihr Wesen bei Namen nennte, noch zweifelhaft sein, ob die durch Aristoteles so bestimmt der Region des Gefühls zugewiesene Katharsis in das Gebiet der Erkenntniss versetzt ist, so haben Bernhardy und Zeller zweifellos den bei Aristoteles unmittelbaren und realen Vorgang zu einem reflektirten

---

*) Brandis: Handbuch der Geschichte der Griechisch-Römischen Philosophie Bd. II. Abthl. 2 S. 1710—1714 und Bd. III. Abthl. 1 S. 163—176.

**) Mischungsverhältniss und Mittelmaass sind zwei verschiedene Begriffe und dürfen daher nicht, wie es von Brandis geschieht, als gleichbedeutend angewendet werden.

gemacht. Bernhardy nennt die Katharsis „einen durch Darstellung der sittlichen Welt hervorgerufenen Zustand beruhigter Intelligenz."*) Für den negativen Begriff κάϑαρσις τῶν παϑημάτων ist der positive „beruhigte Intelligenz" gesetzt, und somit die Reinigung in dem Erkenntnissgebiete gefunden. Aristoteles sagt zwar ausdrücklich, die tragische Katharsis werde durch Mitleid und Furcht bewirkt, und nicht, wie Bernhardy meint, durch an die Erkenntniss appellirende Darstellung der sittlichen Welt, aber diese wie andere nicht geringere Anstösse finden um der vorgefassten Ansicht von Katharsis willen kaum Beachtung. Nur Brandis hat den Versuch gemacht, die Zulässigkeit einer so freien Behandlung der Aristotelischen Worte zu rechtfertigen, indem er ausführt, die die Reinigung bewirkende Erregung der Affekte sei eine qualitativ bestimmte.**) Den Beweis hierfür findet er in Betreff der tragischen Katharsis in dem Umstande, dass gewisse Situationen und Charaktere als für die Tragödie nicht tauglich von Aristoteles bezeichnet werden, und das nach ihm die tragische Wirkung nicht sowohl durch das sinnliche Mittel scenischer Darstellung als vielmehr durch die Composition der Handlung hervorgerufen werden soll. Nun scheidet aber Aristoteles bestimmte Situationen als der tragischen Wirkung hinderlich aus, nicht aus dem Grunde, weil sie nicht in qualitativ bestimmter Weise Mitleid, respektive Furcht erregen, sondern weil sie überhaupt diese Affekte nicht hervorrufen, sondern andere, z. B. Entsetzen, Philanthropie; die Verlegung der tragischen Wirkung in die ὄψις aber verwirft er darum, weil es unkünstlerisch ist, eine wesentliche Wirkung durch äussere Mittel zu erreichen. In dem von Brandis für seine Ansicht Beigebrachten ist somit kein Anhalt für die Annahme einer bestimmten Qualität der Erregung der Leidenschaften. Nur in so weit ist die Erregung der Affekte von Aristoteles qualitativ bestimmt, als sie durch Kunst hervorgebracht sein muss, und lediglich aus ihr — will man sich an die Aristotelischen Worte halten — muss sich die Katharsis ergeben. Mit der nicht begründeten Annahme aber einer besonderen Art der Erregung der Leidenschaften ist willkürlicher Interpretation Thor und Thür geöffnet, und die Auslegung verirrt sich bald dahin, statt der von Aristoteles genannten Affekte ein sittliches oder intellektuelles Moment als Ursache der Reinigung anzunehmen. Wollte man aber auch zugeben, dass die unmittelbare Ursache der Katharsis die Erkenntniss der Allgemeinheit des Leidens sei, diese Erkenntniss aber die Wirkung der in der Tragödie erregten Leidenschaften des Mitleids und der Furcht, und dass somit Aristoteles mit andeutender Kürze, das Mittelglied auslassend, den mittelbaren Causalnexus in der Form des unmittelbaren hingestellt habe, so würde doch immer noch darzuthun sein, wie das Bewusstsein, das über Allen das gleiche Gesetz waltet ohne

---

*) Bernhardy: Grundriss der Griechischen Literatur Th. II. Abthl. 2 S. 163—165 (zweite Bearbeitung).

**) Brandis: Handbuch der Geschichte der Griechisch-Römischen Philosophie Bd. III. Abthl. 1 S. 167 ff.

Gnade, Lust hervorzulocken vermag, was ja von der Katharsis gilt, und in wiefern die Erkenntniss der Gleichheit und Allgemeinheit menschlicher Trübsal beruhigend wirkt, ja wie Erkenntniss überhaupt die Quelle eines Lustgefühls sein kann, dessen sensueller Charakter durch die Worte κουφίζεσθαι μεθ᾽ ἡδονῆς deutlich bezeichnet ist.

Eine Modifikation der im Wesentlichen gleichen Ansicht findet sich bei Zeller.*) Er versteht unter Reinigung der Affekte: die mittelst unschädlicher Erregung von Mitleid und Furcht herbeigeführte Beruhigung solcher Affekte, bewirkt dadurch, dass die Tragödie in dem Schicksale ihrer Helden das allgemeine Menschenloos und zugleich das Gesetz einer ewigen Gerechtigkeit ahnen lässt; in der Ahnung der ewigen Gesetze sollen Mitleid und Furcht zur Ruhe kommen.

Wir begegnen hier derselben willkürlichen Deutung der Aristotelischen Worte. Aristoteles sagt ausdrücklich: Mitleid und Furcht bewirkten unmittelbar — denn dass ihre Wirkung eine mittelbare ist, findet sich nirgends ausgesprochen — die Katharsis. Zeller dagegen lässt ihn sagen, aus der kunstvollen Erregung von Mitleid und Furcht entspringe ein Bewusstsein, durch welches erst die Reinigung der genannten Leidenschaften vollzogen werde. Und wie die formellen so wiederholen sich die materiellen Bedenken gegen diese Ansicht. Denn die trostlose Erkenntniss, dass ein strenges Gesetz, sei es auch das Gesetz der Gerechtigkeit, über den Menschen waltet, hat nichts Beruhigendes, sondern schafft, da es den Menschen unmöglich ist ohne Fehl zu sein, je nach der Seelenbeschaffenheit derer, auf die sie wirkt, dumpfe Resignation oder Verzweiflung, und das dieser Erkenntniss zu Grunde liegende reale Gefühl war der Jammer der alten Welt.

Zu einem von allen bisherigen Deutungen der Katharsis durchaus abweichenden Resultate gelangt die Forschung des ebenso geistreichen wie gelehrten Bernays. In einer eigenen Abhandlung, welche den Titel: Grundzüge der verlorenen Abhandlung des Aristoteles über die Wirkung der Tragödie**) führt, hat er die Ansicht aufgestellt und begründet, die κάθαρσις τῶν παθημάτων sei ein pathologischer Vorgang, und bedeute die Entladung der durch die Tragödie sollizitirten Affektionen des Mitleids und der Furcht. Das Beweisfundament für diese Ansicht liefert die Stelle der Politik des Aristoteles (Pol. VIII. 1341. 32.), in welcher von der kathartischen Wirkung der Musik geredet ist; einzelne Momente aber zur Vervollständigung des Beweismaterials trägt der auch in den unwegsamsten Regionen der Alterthumswissenschaft bewanderte Gelehrte von den entlegensten Orten zusammen. Wäre auch die Darstellung eine weniger brillante — das nicht schriftgemässe Wort sei um des Zutreffenden der Bezeichnung willen verziehen — so würden doch die dieser Auslegung eigenthümlichen Vorzüge nicht zu verkennen sein. Den Worten des Aristoteles wird keinerlei Zwang angethan,

---

*) Zeller: Die Philosophie der Griechen in ihrer geschichtlichen Entwickelung Thl. II. Abthl. 2 S. 609—620.

**) Erschienen bei Eduard Trewendt, Breslau 1857.

vielmehr schliesst die Interpretation sich ihnen eng an. Die Katharsis wird in dem Gebiete des Gefühls, wohin sie Aristoteles verlegt, gefunden und erst durch die Bernays'sche Erklärung wird der enge und nothwendige Zusammenhang der Katharsis mit der ἡδονή, deren seelisch-sinnliche Natur Bernays in unübertrefflicher Weise enthüllt, verständlich.

Trotzdem hat diese Ansicht von der Katharsis keine öffentliche Zustimmung gefunden, vielmehr bald nach ihrem Bekanntwerden Gegenschriften hervorgerufen, welche die originale Auffassung Bernays' bekämpfen, indem sie eine der vor ihm üblichen Auslegungsweisen der seinigen gegenüberstellen. So hat die Lessing'sche Deutung von der moralischen Bedeutung der Reinigung im Gegensatze zu der pathologischen in Spengel*) einen gewichtigen Vertreter gefunden, der ein ebenbürtiger Gegner Bernays' die von diesem aus dem Aristoteles gefolgerte Interpretation mit Hülfe des Aristoteles zu widerlegen versucht.

Ungleich schwächer und stärker an Rhetorik als an Logik und philologischem Scharfsinn ist die Gegenschrift A. Stahr's **) Schon Zeller***) hat auf die Unzulässigkeit der willkürlichen Annahme aufmerksam gemacht, wonach Aristoteles den Ausdruck κάθαρσις in der Stelle der Politik über die Musik in einem anderen — nämlich dort in dem pathologischen — Sinne gebraucht haben soll, als in der Poetik in Anwendung auf die Tragödie. Diese nichtige Annahme Stahr's aber giebt das Fundament ab für seine gegen Bernays gerichtete Deduktion.

Stahr's eigene Ansicht von der Katharsis aber trifft mit der durch Zeller vertretenen zusammen und erheischt somit keine gesonderte Betrachtung. Wie wir gesehen haben, findet diese Anschauungsweise die Wirkung der Tragödie in dem Gebiete der Erkenntniss, wie sie ihren Inhalt, die realen Konflikte des Bewusstseins zu Gedankenkonflikten verflüchtigt. Der Einfluss Hegel'scher Denkweise ist in dieser Auffassung nicht zu verkennen.

Es mag hier gestattet sein darauf hinzuweisen, dass viele der Interpreten die eigene für richtig erkannte Ansicht, welche das Gepräge moderner Denkweise trägt, und die von Aristoteles ausgesprochene nicht auseinander gehalten haben, um welche letztere allein es sich handelt. Vielmehr nur auf Beglaubigung der eigenen Gedanken das Augenmerk richtend, bekleideten sie dieselben mit dem wenn auch noch so wenig passenden Gewande der Aristotelischen Worte und verbinden so mit dem diesem Bestreben zu Grunde liegenden bescheidenen Gefühle der Unfehlbarkeit des Aristoteles die weniger bescheidene Praetension der Zweifellosigkeit der eigenen Meinung.

Sucht man nun nach dem Grunde für die Bekämpfung der Auffassung der

---

*) Spengel: Ueber die κάθαρσις τῶν παθημάτων, ein Beitrag zur Poetik des Aristoteles. München 1859.

**) A. Stahr: Aristoteles und die Wirkung der Tragödie. Berlin 1859.

***) Zeller: Die Philosophie der Griechen Thl. II. Abthl. 2 S. 614 Anm. 1 u. S. 617 Anm. 1.

Katharsis als eines pathologischen Vorganges, so findet man, dass es prinzipaliter nicht philologische Bedenken sind, welche zu ihrer Verwerfung führen, sondern der Umstand, dass die Bedeutung einer in sich so nothwendigen und grossen Erscheinung wie die griechische Tragödie ist, in einem in sich bedeutungslosen Effekt auf die Zuschauer gefunden wird. Und es ist allerdings ihre Unvollkommenheit, oder vielleicht richtiger Unvollständigkeit hiermit ausgesprochen. Denn in sich bedeutungslos ist nach der Bernaysschen Darstellung die kathartische Wirkung; und hiermit ist, da die Katharsis das Wesen der Tragödie selbst in seiner naturgemässen Aeusserung ist, der Tragödie der Charakter innerer Zufälligkeit gegeben, welcher Annahme schon der unmittelbare Eindruck der tragischen Meisterwerke widerspricht. Wie man sich aber auch zu dieser Deutung der Katharsis stellen mag, gewisse Bedenken sind durch die scharfsinnige Untersuchung Bernays' für immer beseitigt. So ist der Zweifel, ob die Affektionen selbst oder der darunter leidende Mensch das Objekt der Reinigung sei, gehoben, nachdem Bernays aus der Politik des Aristoteles bewiesen hat, dass dem griechischen Philosophen „der aus dem Gleichgewicht gebrachte Mensch das eigentliche Objekt der Katharsis ist.“ Die Wichtigkeit aber dieser Erkenntniss kann an der Grösse des Unheils bemessen werden, welches die Unklarheit über das Objekt der Katharsis gestiftet hat. Lessing kommt durch den falschen Bezug, welchen er der Katharsis giebt, in der weiteren Ausführung dazu, wechselseitig die Furcht das Mitleid und das Mitleid die Furcht reinigen zu lassen, wodurch er nicht nur den Aristoteles etwas sagen lässt, woran dieser nicht gedacht hat, sondern auch von dem von ihm selbst eröffneten Wege zur Einsicht der wesentlichen Einheit dieser Affektionen ablenkt. Bei einem Theile der späteren Ausleger aber, welche prinzipaliter alle die Katharsis auf die Leidenschaften beziehen, äussert sich die Unklarheit über den Unterschied zwischen den beiden Möglichkeiten der Beziehung der Katharsis in der Unbestimmtheit der Interpretationen, in deren einer und derselben bald die Affektionen, bald direkt der davon betroffene Mensch zum Objekt der Katharsis gemacht werden. Ein eben so grosser und gültiger Gewinn ist die Beschränkung der $\pi\alpha\vartheta\dot\eta\mu\alpha\tau\alpha$ auf den $\ddot\epsilon\lambda\epsilon o\varsigma$ und $\varphi\dot o\beta o\varsigma$, zu welcher Bernays durch die Uebersetzung des $\tau o\iota o\dot v\tau\omega\nu$ mit solcher $=$ dieser gelangt. Der universale und somit ausschliessliche Charakter jener beiden Affektionen, welche beide nur verschiedene Seiten des einen Allleidens sind, verbürgt diese Auslegung. Auch zu der feinsinnigen Distinktion zwischen $\pi\dot\alpha\vartheta\eta\mu\alpha$ Affektion und $\pi\dot\alpha\vartheta o\varsigma$ Affekt möchten wir uns bekennen, wenngleich auch hierin Spengel sich gegen Bernays erklärt hat.*)

---

*) Eine an die erwähnten Abhandlungen anschliessende Correspondenz Bernays' und Spengels ist resultatlos geblieben. Siehe Rhein. Museum XIV. pag. 367—377, XV. pag. 458—462 und 606. 607. Eine Zusammenstellung und Beurtheilung der Ansichten von Bernays, Spengel und Stahr bei Ueberweg in Fichte's Zeitschrift für Philosophie XXXVI. pag. 260—291. Da es uns nicht auf eine vollständige Aufzählung der Erläuterer der Aristotelischen Definition, sondern nur auf eine vollständige Aufführung der Erläuterungen derselben ankommen konnte, so ist Ueberweg, wie eine grosse Anzahl Anderer, in dem Texte unserer Abhandlung nicht genannt worden.

So hat die vorstehende Darstellung, eine vollständige Aufzählung der verschiedenen Deutungen der Katharsis, den Mangel einer allseitig anerkannten Interpretation dieses Wortes konstatirt. Eine fünffache, zum Theil einander widersprechende Auffassung des Aristotelischen Terminus hat sich uns im Laufe derselben ergeben. Die Katharsis ist nämlich, wie wir gesehen haben, als moralische Besserung, als Lustration, in hedonischem Sinne, als ein bestimmter Zustand der Intelligenz, endlich als rein pathologischer Vorgang gedeutet worden.

Wir versuchen es nicht durch nochmalige eingehende Betrachtung der bedeutsamen Stelle der Politik VIII. 1341*) etwas zur Schlichtung des Streites der Meinungen über das Wesen der Katharsis beizubringen, einer Stelle, gegen deren Bedeutung sich Stahr, welcher sie einer Erörterung unterwirft, verschliesst durch die oben gerügte willkürliche Annahme, dass die tragische Katharsis sich von der musikalischen nicht nur dem Mittel, sondern dem Wesen nach unterscheide. Vielmehr fassen wir die Folgen der Strittigkeit des Begriffs Katharsis in's Auge. Es scheint nämlich, dass das Glück der Erhaltung der Aristotelischen Wesensbestimmung durch die Vieldeutigkeit ihres Schlussgliedes wesentlich geschmälert ist, und wir Gefahr laufen bei der Divergenz der Ansichten von dem Wesen der Katharsis statt an der Hand des sicher leitenden Aristoteles das antike Theater zu betreten, von dem erwählten Ausleger desselben in die Irre geführt zu werden. Und in der That ist es der grossen Zahl der Exegeten griechischer Tragödien so ergangen, welche die lebendige Schönheit des antiken Dramas in eine der durch Deutung der Katharsis gewonnenen Formeln hineinzupressen versucht haben. Statt vieler sei hier nur Kock erwähnt.**) Die von ihm akzeptirte Bedeutung der Katharsis der Beurtheilung des Oedipus Rex zu Grunde legend, kommt er zu dem dem Wesen dieser wie jeder antiken Tragödie fremden Resultate, die tragischen Meisterwerke der Griechen seien eine Darstellung, wie der selbstbewussten Schuld eine ihr entsprechende Strafe folge. Die Gefahr eines gleichen Misslingens scheint aber bei einem Verfahren, welches die Evidenz des vielbestrittenen Begriffs der Katharsis voraussetzt, unvermeidlich, und auch wir würden ihr bei dem Versuche, der in Folgendem gemacht werden soll, an einer Sophokleischen Tragödie zu entwickeln

---

*) Die angezogene Stelle lautet in deutscher Uebersetzung:
„Es ist aber auch die Flöte nicht ein den Charakter bildendes, sondern orgiastisches (Instrument), so dass sie zu den Gelegenheiten anzuwenden ist, bei welchen das Schauspiel mehr die Katharsis als die Mathesis abzweckt."
Diese Stelle enthält folgende Urtheile:
1. Orgiastische Weise dient zur Katharsis.
2. Ethische Weise dient nicht zur Katharsis.
Die Katharsis ist also nichts Ethisches.
3. Orgiastische Weise dient nicht zur Mathesis.
4. Ethische Weise dient zur Mathesis.
Die Katharsis ist also kein Erkenntnisszustand.
**) Kock: Ueber den Aristotelischen Begriff der Katharsis. Elbing 1851.

wie sie geeignet ist, nach Aristoteles von den Leidenschaften zu reinigen, nicht entgehen, wenn wir der Weise früherer Exegeten folgend eine der verschiedenen Deutungen der Katharsis wählten — eine Wahl, die hier insbesondere bei dem gläubigen Verhalten, welches dem Laien zu den Resultaten philologischer Forschung ziemt, den Charakter der Willkürlichkeit tragen würde — die gewählte aber auf eine der Sophokleischen Tragödien anwendeten. Wären wir aber auch glücklich genug, unter den durch philologische Bemühung zu Tage geförderten die richtige Deutung der Katharsis zu wählen, welche Annahme voraussetzt, dass das Wesen der Katharsis erkannt worden ist, so würden wir, statt den Aristoteles zum Führer zu nehmen, seinem Interpreten unselbständig gefolgt sein, und durch mechanische Behandlung unseres Vorwurfs nichts dazu beigetragen haben, die Katharsis dem Streite der Meinungen zu entheben, und die antike Tragödie vor ferneren Misshandlungen „einer folternden Katechese" zu schützen. Wir werden daher, bevor wir die Katharsis in einem der Sophokleischen Stücke aufsuchen, vorerst in Betracht ziehen, ob diese Aufgabe nicht eine von der bisherigen und hergebrachten verschiedene Weise der Behandlung zulässt, welche das Resultat als ein selbstgewonnenes, von den einander bekämpfenden Ansichten von der Katharsis unabhängiges, somit über die Sphäre subjektiver Gewissheit zu objektiver Gültigkeit erhobenes erscheinen lässt. Und ein solcher Weg zum Ziele bietet sich einer näheren Prüfung in der That dar. Es ist nämlich in zwiefacher Weise möglich die $K\acute{\alpha}\vartheta\alpha\rho\sigma\iota\varsigma$ $\tau\tilde{\omega}\nu$ $\pi\alpha\vartheta\eta\mu\acute{\alpha}\tau\omega\nu$ an einer griechischen Tragödie zu entwickeln. Man kann, wie bisher versucht worden, von dem Begriffe der Katharsis ausgehend denselben in einem Griechischen Trauerspiele aufweisen, welcher Versuch bei dem Mangel der Uebereinstimmung über das Wesen der Katharsis die Unvollkommenheit des Gelingens in sich trägt, oder man kann die unmittelbar gewonnene Erkenntniss des Wesens der antiken Tragödie auf das Schlussglied der Aristotelischen Definition zurückbeziehen. So enthüllte die tragische Muse selbst das Räthsel, in welches der griechische Philosoph für uns ihr Wesen gekleidet hat. Denn das Wesen der griechischen Tragödie in seiner naturgemässen Aeusserung hat Aristoteles in den Schlussworten seiner berühmten Definition ausgesprochen, wie aus der Stellung der Katharsis innerhalb der Definition hervorgeht und auch allseitig anerkannt ist. Diese letztere Behandlungsweise hat neben dem Vorzuge grösserer Selbstständigkeit die Voraussicht sicheren Erfolges. Denn sie bewahrt uns vor der Gefahr, einer vorgefassten Meinung zu Liebe dem Geiste der griechischen Dichtung Gewalt anzuthun, oder von dem Aristotelischen Begriffe der Katharsis der Leidenschaften durch einen seiner Ausleger weit abgeführt zu werden. Vielmehr wird dem unbefangenen Auge das Wesen der Tragödie offenbar und die tragische Muse selbst löst uns das Räthsel von der Reinigung der Leidenschaften. Ueberdem aber erhalten wir durch diese Art der Betrachtung die Möglichkeit, uns darüber, ob wir der uns gestellten Aufgabe gerecht geworden sind, Gewissheit zu verschaffen. Denn wenn die gleichsam durch

Autopsie gewonnene Ansicht der tragischen Wirkung mit einer der Deutungen der Katharsis übereinstimmt, oder in das Gewand der Aristotelischen Worte, ohne ihnen irgend welchen Zwang anzuthun, sich kleiden lässt, dann dürfen wir uns versichert halten, an einer griechischen Tragödie, und nicht an einer in die antike tragische Maske und Gewandung gesteckten Schöpfung eigenen Geistes, die Katharsis des Aristoteles und nicht die eines seiner modernen Ausleger, aufgezeigt zu haben.

Zu unserem Versuche wählen wir den Oedipus Coloneus des Sophokles. Diese Wahl ist keineswegs eine willkürliche, doch kann sie erst im Laufe der Betrachtung ihre Rechtfertigung finden. Fast ein jedes der sophokleischen Stücke hat eine reiche, wenn auch nicht immer reichhaltige, Literatur hervorgerufen; besonderer Aufmerksamkeit aber haben sich der Oedipus Rex, der Oedipus Coloneus und die Antigone zu erfreuen gehabt. Wir sehen hier von den rein philologischen Forschungen vollständig ab, um nur die Arbeiten ins Auge zu fassen, welche die Dichtung als solche zum Gegenstand nehmen. Da finden wir denn eine nicht geringe Zahl solcher, welche eine jede Tragödie für sich betrachten und nur in ihr die Bedingungen ihres Verständnisses suchen. Sie behandeln die griechische Tragödie wie die moderne, als eine Erscheinung dem Leben eben so fern wie die Erzeugnisse unserer dramatischen Literatur.*) Andere dagegen haben die eigenthümliche Bedeutung des antiken Trauerspiels erkannt. Ihnen ist das Verständniss aufgegangen für jene allgemeine symbolische Bedeutung, deren Erkenntniss ihnen nur auf dem Wege philosophischer Betrachtung der Welt- und Völkerschicksale, in deren prophetischer Enthüllung sie das Wesen der griechischen Tragödie finden, erreichbar ist. Unter solchen Gesichtspunkt haben Hegel und nach ihm und von ihm abhängig E. v. Lassaulx die Tragödie vom Oedipus (Oedipus Rex und Oedipus Coloneus) gestellt. So geistreich aber auch, und gegen die farblose Menge der durch die zuerst charakterisirte Methode der Analyse erzielten Erfolge leuchtend die gewonnenen Resultate sind, und so wahr das ihnen zu Grunde liegende Bewusstsein ist von dem der griechischen Tragödie eigenen Charakter der Allgemeinheit und Nothwendigkeit, so ist doch diese Behandlungsweise ihrem Gegenstande nicht entsprechend, weil das zu begreifende Phänomen nicht aus sich selbst, sondern durch ihm Aeusseres, was es bezeichnen soll, erklärt wird. Diese Weise der Betrachtung muss als allegorische charakterisirt werden. Die Mangelhaftigkeit allegorischer Deutung aber erhellt schon aus der ihr eigenen Willkürlichkeit. Denn alle Allegorie ist ein Spiel des Verstandes mit den Erscheinungen der ihn umgebenden Welt. Von seiner Beschaffenheit also ist es abhängig, ob aus

---

*) Hiervor hätte schon der unmittelbarer unbefangener Anschauung auffällige Unterschied zwischen dem griechischen Theater und der modernen Bühne bewahren sollen. Die antike Tragödie scheint zum Leben selbst zu gehören, ein nothwendiges Element desselben zu sein, während das Schauspiel bei uns, ein willkürlicher Schmuck, einen bestimmten ästhetisch verfeinerten Zustand voraussetzt.

solchem Spiele geistreiche und wahre, oder triviale und schiefe Combinationen hervorgehen. Die richtige Methode der Betrachtung, welche zu dem Verständnisse der griechischen Tragödie führt, ist eine andere, ist folgende:

Es ist eine bekannte Thatsache, dass aus der dem Dionysos zu Ehren veranstalteten Festfeier die griechische Tragödie sich entwickelte. Diese Thatsache aber ruht als todtes Kapital, während sie über das Wesen der tragischen Dichtung Aufschluss zu geben vermag. Denn wir werden nicht irre gehen, wenn wir in allen Fällen dort nach einem inneren Zusammenhange bedeutender Erscheinungen suchen, wo ein äusserer uns überliefert ist. So auch hier. In der Religion, insbesondere in der durch den Dionysoskult bezeichneten Phase derselben werden wir also Aufklärung über das Wesen der griechischen Tragödie zu finden erwarten dürfen. So führt auch die antike Dichtung auf das Gebiet der Religion zurück, welche einer tieferen Betrachtung sich als Ursprung und Inhalt aller antiken Lebensformen zeigt, in welcher das gesammte griechische Leben befangen war. Vielleicht dass auch die griechische Tragödie sich uns nur als besonderes Symbol des allgemeinen religiösen Lebensinhaltes erweist.

Die Geschichte des griechischen — wie eines jeden — Volkes, wie die eines jeden Menschen, beginnt mit dem Paradiese. Es ist dies die Epoche der völligen Harmonie des Gottesbewusstseins mit dem Selbstbewusstsein. Die Erkenntniss des Unzureichenden der bestimmten Fassung der Gottesidee ist noch nicht erwacht, vielmehr die Herrschaft gläubiger Hingabe an dieselbe unerschüttert. Dies ist die Zeit des Epos, dem aus solchem Gottesfrieden die ungetrübte Heiterkeit erblüht, welche uns am Homer entzückt. Aber die fernere Entwickelung und Erstarkung des Selbstbewusstseins ruft den Zweifel an der Realität und Würdigkeit der bisher gläubig verehrten Göttergestalten hervor, welchem das im Einzelnen bis zu klarer Erkenntniss gesteigerte unselige Gefühl der Mangelhaftigkeit des Gottesbewusstseins entspringt. Die leuchtenden Gestirne der homerischen Göttergestalten werden verhüllt von der aus den Tiefen des Bewusstseins aufsteigenden Nacht der Schicksalsidee. Der Menschengeist

„Er hat sie zerstört,

„Die schöne Welt,

„Mit mächtiger Faust;

„Sie stürzt, sie zerfällt!

„Ein Halbgott hat sie zerschlagen." *)

Dieser Zwiespalt des Selbstbewusstseins und des Gottesbewusstseins im griechischen Geiste konnte nicht in eine höhere Fassung der vorchristlichen Gottesidee aufgehen und in ihr versöhnt werden, weil die griechische Gottesanschauung, welche die Gottheit unter dem höchsten Symbole des Menschen fasste, nothwendiger Weise die höchste Stufe des Gottesbewusstseins der heidnischen, nicht erlösten Menschheit

---

*) Göthe: Faust.

war. Das aus der Erkenntniss der Unzulänglichkeit auch dieser Fassung hervorgehende Bewusstsein der Gottverlassenheit, womit die religiöse Entwickelung des antiken Menschen abschliessen musste, war daher für ihn unüberwindbar. Der Mensch konnte nicht zu Gott gelangen, der ihm ein Unfassliches, ein Fremdes, das heisst zum Schicksale geworden war. Die Schicksalsidee ist das tragische Ende des Heidenthums. Aber mit dem Gefühle der Gottverlassenheit steigert sich die Sehnsucht nach Gotteserkenntniss. Sehnend sucht der Mensch den Gott unter jeder Gestalt, aber nirgends wird die Erkenntniss zur Ruhe gebracht, wird die Sehnsucht gestillt. Je weniger es aber gelingt, die empfundene Gottheit durch einen Erkenntnissakt zu objektiviren, aus sich heraus zu setzen, desto unmittelbarer fühlt von ihrer, der unbegreiflichen Macht die menschliche Seele sich bedrückt, — sie vermag nicht den Gott zu besitzen, darum ist sie eine Gottbesessene; desto leidenschaftlicher und leidvoller wird das vergebliche Ringen Gott zu erfassen, denn der Mensch kann von Gott nicht lassen, er lasse denn von sich selbst. Mit diesem Leiden ist die Freiheit des Geistes, vor deren aufgehendem Glanze die Göttergestalten einer gläubigen Kindheit erblassten, behaftet. Zu dieser Unseligkeit ist das Verhältniss des Menschen zu Gott verkehrt. Die Gottheit ist ihm ein Fremdes, Unbegreifliches — Schicksal — geworden, dessen blindem Walten er anheimgegeben ist, dessen Willen er, zur Opferung des eigenen Willens bereit, nicht gerecht werden kann, weil er ihn nicht zu erkennen vermag. Das Gottesbewusstsein ist ein wesentlich passives geworden, das Göttliche entzieht sich der Anschauung unter einer besonderen Form und wird eben darum überall und immer empfunden. So erhebt sich der tragische Kampf innerhalb des Bewusstseins zwischen dem Gotte und dem Menschen. Die Freiheit kämpft an gegen den sie beugenden Gotteszwang und das furchtbare Leid erfüllt die Seele, die Gottheit als ihrem eigenen Wesen feindlich zu empfinden. Für solches Leid erscheint als alleiniger Helfer der Tod, und von den Lippen der Weisen und Dichter ertönt das furchtbar tragische Lied: Nie geboren zu sein, ist das höchste Glück, der zweite Gewinn aber, dass der Lebendige in Eile dahin wandere, woher er sprosst.*) — Solcher ist der Zustand des Bewusstseins, dem die göttliche Macht unter der Form des Schicksals erscheint.**)

Dieser tragische Konflikt des Göttlichen und Menschlichen innerhalb des Bewusstseins erschüttert die Grundfesten desselben. Das Selbstbewusstsein von dem Gottesbewusstsein gelöst, schwankt wie ein Schiff, das sich von seinem Anker getrennt hat und versinkt in das Meer des Selbstvergessens. Nur in dem Aufgeben des Selbstbewusstseins, in dem Rückkehren, woher er entsprossen, in den Schoos der allwaltenden Natur, findet der Mensch das Heil. So vollzieht er das Opfer seiner selbst und macht sich zum Organ, zum Gefäss der Naturmacht, indem er den Strom der das

---

*) cf. den Chorgesang im Oed. Col. v. 1211—1248.

**) Die Trostlosigkeit solchen Gottesbewusstseins erhellt aus der Gegenüberstellung der Schicksalsidee und der Idee der Vorsehung.

Weltall durchflutenden Kräfte in sich leitet. In ihren Wogen versinkt die Sonne der Erkenntniss, und die alte Sage erfüllt sich, Zeus werde von den Titanen gestürzt werden.

Dies ist die Bedeutung und die Nothwendigkeit des Dionysoskultus. Der Dienst des Gottes besteht darin, dass seine Anhänger sich in einen ekstasischen Zustand versetzen, von der ihnen anhaftenden Qual des Bewusstseins sich befreiend. Deshalb ist Bacchus der Befreier (δ $\lambda\acute{v}\sigma\iota\circ\varsigma$) und das ihm geweihte Getränk der Wein, der Sorgenbrecher, der den Glieder-lösenden, die Seele von Sorge und Furcht erlösenden Schlaf bringt. Wie die Ekstase aber nichts anderes ist, als ein sich Verlieren an die Herrschaft der Mächte der Natur, so wird sie dadurch bewirkt, dass dem Andrängen der Natur Thor und Thür geöffnet werden durch Erregung und Steigerung der Affekte des Schmerzes und der Lust. Denn dies sind die Wurzeln, mit welchen der Mensch der Natur anhaftend, ihre Kräfte in sich aufnimmt. Wir wissen, dass die in den Bacchusdienst Einzuweihenden durch Schreckbilder erschüttert wurden, dass sie sich die Individualität zerstörenden Schmerzen hingaben, um die Seele ausser sich zu versetzen, dass sie die Lust zu sinnbetäubendem Jubel steigerten. Die so aus sich geschreckte, in Schmerz und Lust sich verlierende Seele geräth in den Zustand der Ekstase. Die Kräfte der Natur wogen, nachdem das Band des Selbstbewusstseins gelöst ist, ungehindert in ihr auf und nieder. In der Ekstase aber sind die Affekte, welche sie hervorgerufen haben, aufgehoben. Die Schmerzen erwecken Lust, der Schrecken Freude, die Lust hat etwas krampfhaft Schmerzliches. Die Ekstase ist die höhere Einheit des Schmerzes und der Lust. Die aus Lust und Leid gemischte Empfindung der Wehmuth breitet ihren Schmelz aus über die dem Praxitelischen Periboëtos nachgebildeten Dionysosstatuen.

So ist durch Erregung von Leid und Schrecken eine Reinigung von diesen Affekten herbeigeführt, und die griechische Menschheit ist von dem gottgegebenen Leide wenigstens zeitweilig dadurch erlöst, dass sie — wie es in dem Dionysoskulte geschieht — ihre Gottähnlichkeit, somit ihr eigenes Wesen, zum Opfer bringt.

Dies ist der Boden, dem die Wunderpflanze der antiken Tragödie entspross. Der der Natur in dem Dionysosdienste verfallene Mensch schien gleich dem Antaeus durch die Berührung die Kräfte der Natur empfangen zu haben, als deren eigenes Gebilde durch Grösse und Ursprünglichkeit die griechische Tragödie erscheint. Die enthusiastischen Umzüge und von Gesang und Flöte begleiteten Tänze der Dionysosfeier, eben so sehr Mittel, den Zustand der Ekstase hervorzurufen, als anderer Seits unmittelbare und nothwendige Aeusserungen des im Zustande der Ekstase den im Weltall regen Kräften der Bewegung anheimgegebenen Menschen formten sich allmälig und unmerklich*) zur Tragödie, welche nichts geringeres ist, als der

---

*) Die Entstehungsart der griechischen Tragödie ist die eines Naturprodukts. Die Continuität ihres Wachsthums entzieht sich der Reflexion, und so erscheint sie gleich der dem Haupte des Zeus entsprungenen Athene unmittelbar in der von Aeschylus ihr gegebenen Vollendung.

verklärte Bacchusdienst selbst, eine höhere Potenz des Dionysoskultus. Wir haben gesehen, dass der Dienst dieses Gottes darin bestand, der gleich der Jo von dem Leid eines unseligen Gottesbewusstseins ruhelos durch das Leben getriebenen Menschheit durch Steigerung des Leidens bis zur Ertödtung aller Freiheit Selbstvergessen zu bringen. Aus Schmerz und Schrecken ging der Zustand der Ekstase hervor. Von diesem Tod-bringenden Banne befreit die Tragödie, ihn in einen höheren Zauber wandelnd. Auch sie versetzt den Menschen, dessen Leiden er selbst ist, ausser sich, aber nicht, indem sie ihn unmittelbar anheim giebt zerstörendem Schmerz und Schrecken, sondern das Gefühl des eigenen Leidens in vermittelter Weise steigernd dadurch, dass sie ihm ein Abbild seiner selbst überliefert. Durch den Spiegel der indirekten Empfindungen des Mitleids und der Furcht erscheint der Seele das eigene, das menschheitliche Leid. Mitleid und Furcht, welche den unvermittelten Empfindungen des Schmerzes und des Schreckens entsprechen, erregt und steigert die Tragödie, bis die Fluten dieser Leidenschaften über dem Haupte zusammenschlagen. Wie der Dionysoskultus so gipfelt sie in der Ekstase, in welcher wir das Wesen der bacchischen Katharsis gefunden haben und das Wesen der tragischen Katharsis finden. Aber wenn die tragische Katharsis mit der ursprünglich bacchischen das Moment der Erlösung von den Banden des Bewusstseins gemein hat, so theilt sie nicht mit ihr den der Existenz des Menschen verderblichen Charakter. In dem das Weiterbestehen der Menschheit gefährdenden Dionysoskulte war die anfängliche Zeit der im Dienste der Götter vollzogenen Menschenopfer wieder erstanden. In dem zur Tragödie erhobenen Gottesdienste wiederholte sich die Sage, nach welcher die Gottheit den zu opfernden Menschen rettet und an seine Stelle ein Thier stellt. Mit der Ekstase erfährt aber auch die ihr wesentliche Lust eine Modifikation. Wie die tragische Ekstase das Bewusstsein nicht durchaus tödtet, sondern nur gleichsam einschläfert, so ist die sie begleitende Lust nicht der empfindungslose Taumel des bacchischen Orgiasmus, sondern dadurch, dass das Bewusstsein, wenn auch als verschwindendes Moment, festgehalten wird, entsteht der durch die Oscillation der Seele zwischen den Polen des sich Behaltens und sich Verlierens hervorgerufene Wonneschauer, unter welchem die Hingabe des Individuums an die Allnatur sich vollzieht. Die griechische Tragödie wirkt dem zum Tode müden Bewusstsein sorglosen Schlaf, aus welchem der Mensch neugestärkt erwacht zu den Leiden und Mühen des Tages. Eine solche ist die menschheitliche Bedeutung und geschichtliche Nothwendigkeit der Tragödie, welche, wie der Dionysoskult, dessen höchste Form, gleichsam Blüthe, sie ist, nicht nur von einzelnen Leiden Einzelne befreit, sondern durch Bereitung seligen Selbstvergessens die Menschheit, nicht sie opfernd, sondern erhaltend, von den göttlichen Leiden ihres Bewusstseins zeitweilig erlöst. Diese tiefe, beseligende Wirkung ist es, welche in den Aristotelischen Worten, dass die Tragödie „Reinigung“ von Mitleid und Furcht durch Erregung dieser Affektionen bewirke, ausgesprochen ist. Die von dem geistreichen Bernays gefundene pathologische Deutung in diesem umfassenden, über das Bereich der Einzelheit und Zufälligkeit erhobenen Sinne ist die Lösung des Räthsels von der Katharsis.

Der tragische Stoff ist ein gegebener, nämlich die Leidensgeschichte des dem Schicksale verfallenen menschlichen Bewusstseins. Sein eigenes Leiden, welches das Leiden des Geschlechts ist, sieht der griechische Mensch an seines Gleichen dargestellt. Schon hierin liegt ein erleichterndes (kathartisches) Moment. Das Leiden wird abgedämpft zu der milderen Empfindung des Mitleidens. Doch dies ist erst der Beginn der tragischen Katharsis, welche sich, wie wir gesehen haben, dahin vollendet, dass in dem ekstatischen Selbstvergessen die zum Höchsten gesteigerten Affekte untergehen.

Die Katharsis ist also, wie auch die Worte des Aristoteles es besagen, ein Vorgang in dem Gefühlsleben und in Folge dessen der Möglichkeit einer direkten Demonstration an einem einzelnen tragischen Werke der Griechen entzogen. Die kathartische Wirkung der Tragödie dürfen wir uns ähnlich dem durch eines der mächtigen modernen Musikstücke, insbesondere der Musiken religiöser Färbung, hervorgerufenen Eindrucke vorstellen, wie denn die Musik, Tanz und Gesang in sich einende antike Tragödie in weit höherem Grade einen musikalischen Charakter hatte, als wir zu glauben geneigt sind, denen das an den Augenblick gebundene musikalische Element, flüchtig und doch wesentlich wie der Duft der Blume, mit dem Leben der Dichtung entflohen ist. Wir werden uns daher darauf beschränken müssen, die Bedingungen der Katharsis aufzuzeigen, die Momente, welche geeignet sind, die universalen Affektionen des Mitleids und der Furcht hervorzurufen und bis zur Ekstase zu steigern, während die Katharsis selbst in der annähernden und unvollständigen Weise, in welcher die durchaus andere Stellung unseres Bewusstseins sie zulässt, allein durch die unmittelbare Hingabe an den magischen Zauber der Dichtung selbst empfunden werden kann.

Bevor wir jedoch an der Hand der gewonnenen Erkenntniss das Wesen der griechischen Tragödie in dem Oedipus auf Kolonos suchen und wiederfinden, ist es nöthig des besonderen Verhältnisses Erwähnung zu thun, in welchem diese Dichtung zu dem Oedipus Tyrannus steht. Ein schöner und zutreffender Ausdruck für dasselbe findet sich bei F. H. Jacobi*), wo es heisst, dass die beiden Gedichte zusammen gehören, wie Anfang und Ende, beide sich gegenseitig bedürfen, wie die beiden Schwingen des Adlers.**) Es kann füglich dahin gestellt bleiben, ob die vielbesprochenen Worte des Suidas***) die Einwirkung des Sophokles auf die tetralogische Form der

---

*) Werke Bd. I. S. 260 f.

**) Ausser Jacobi heben die innere Einheit der beiden Tragödien hervor: Solger in seiner Vorrede zur Uebersetzung des Sophokles S. 26. — Thudichum in seiner Uebersetzung des Sophokles I. S. 360 ff. — Fittbogen de Sophoclis sententiis ethicis S. 28.

***) Man sehe hierüber Bernhardy: Grundriss der griechischen Literatur Thl. II. Abthl. 2 S. 34—36.

Bühnendichtung betreffend, dahin zu verstehen seien, dass die tetralogische Form von Sophokles ganz aufgegeben worden sei, oder den von Boeckh vertretenen Sinn haben, wonach sie die durch Sophokles herbeigeführte Freiheit besagen, entweder mit Tetralogien oder mit einzelnen Dramen in den Wettkampf zu treten; denn die innere Zusammengehörigkeit zweier Stücke ist mit der grössten äusseren Unabhängigkeit von einander, so dass ein jedes für sich zur Aufführung kommen kann, vereinbar. Vielleicht liegt die Ursache davon, dass Sophokles mit dem Oedipus Rex nicht den ersten Preis errungen, darin, dass dieses Stück zur inneren Vollendung des Oedipus Coloneus bedarf. Die Wogen der tragischen Affektionen werden zwar durch dasselbe gewaltig erregt, aber die gleichsam prozessualische Form der Entwickelung erhält die Reflexion in beständiger Thätigkeit und verhindert so, dass die Katharsis sich vollziehe. Sie bewirkt erst der Oedipus auf Kolonos, welche Dichtung hingegen in materieller Beziehung auf den Oedipus Tyrannus hinweist. Eine Betrachtung jener Tragödie wird daher auf den Inhalt dieser zurückgehen müssen.

In vielleicht unerreicht grossartiger Weise hatte vor Sophokles Aeschylus den einer jeden griechischen Tragödie gegebenen Stoff, den Konflikt des Gottesbewusstseins und des Selbstbewusstseins behandelt, indem er in der Bearbeitung des tiefsinnigsten Mythus des Alterthums, in seinem Prometheus, den titanischen Kampf der menschlichen Freiheit gegen die Gottesmacht symbolisirte. Prometheus, der griechische Adam, der christliche Luzifer, ist der Mensch selbst, der die Fackel der Erkenntniss entzündet hat, welche ihm die Vergänglichkeit der Götter zeigend, ihn in unvermeidliches Leiden verstrickt. In seiner ganzen Schärfe aber hat erst Sophokles in seiner Tragödie vom Oedipus diesen Konflikt des Schicksals mit der menschlichen Freiheit zur Darstellung gebracht.*) Nicht nur ist der Bezug des Schicksals zu dem menschlichen Willen ein näherer, dadurch dass hier ein Mensch, nicht, wie bei Aeschylus, ein Gott leidet, sondern Oedipus, weit davon entfernt, eigenmächtig der Gottheit gegenüber zu treten, wendet vielmehr die ganze Kraft seines Geistes dazu an, die Wege der Gottheit zu erforschen, und auf ihnen zu wandeln. Er erstrebt nichts anderes, als Gottgefälligkeit, und gerade dieses Streben einer vorzugsweise erleuchteten Intelli-

---

*) Die griechische Tragödie ist also recht eigentlich eine Schicksalstragödie; nur ist das Schicksal, wie wir gezeigt haben, eine nothwendige Macht innerhalb des Bewusstseins und nicht ein dem Menschen Aeusseres und Zufälliges. Die Schicksalsidee der Griechen bezeichnet eine bestimmte und nothwendige Phase des vorchristlichen Gottesbewusstseins und ist also etwas ganz Anderes als das Schicksal der modernen Schicksalstragödien, welches Zufall ist. Aus dem Begriffe des antiken Schicksals aber folgt auch, dass dasselbe bei der anderen Stellung unseres Bewusstseins zu Gott, bei unserem Glauben an eine Vorsehung kein Element des modernen Trauerspiels abgeben kann. Denn von der Vorsehung abgesehen, kennen wir nichts anderes als Zufall, welcher einer jeden Tragödie, deren Entwickelung nach Aristoteles eine nothwendige sein muss, fremd, ja entgegengesetzt ist. Die Verwechselung der antiken Schicksalsidee mit dem modernen sogenannten Schicksale hat einerseits zu Zerrbildern wie Werner's 24. Februar, andererseits zur Verkennung der griechischen tragischen Dichtungen geführt.

genz führt und verstrickt ihn — eine grausame Ironie — in das Verderben. Das Verderben aber ist ein vorher bestimmtes, und hierin grade ist die Unvermeidlichkeit des tragischen Kämpfens und Unterliegens der Freiheit unter die dunkle Nothwendigkeit des Schicksals versinnbildlicht. Der Fluch der Vorfahren bringt den Enkeln Sünde, nicht selbstgewollte oder selbstgewusste, aber nichts desto weniger Sünde, wie der Greuel ist, den Vater zu erschlagen, und der Mutter beizuwohnen. Ererbter Fluch zeugt Erbsünde.*)

Als Oedipus die Sünde, die in ihm, dem Vater und zugleich dem Bruder seiner Kinder, gleichsam Gestalt gewonnen hat — ein herber Ausdruck für das Gottgegebene Leid des Menschen, welches der Mensch selbst ist — erkannt hat, beraubt er sich des Augenlichtes, um dem Anblicke seiner selbst zu entfliehen. Blind, von Gram gealtert, heimathlos, denn den von der Gottheit Gezeichneten hat Theben verbannt, auf die Hülfe seiner Töchter Antigone und Ismene angewiesen, so tritt uns Oedipus, sobald der Vorhang gefallen ist, entgegen. In diese Jammergestalt ist die einst so herrliche Erscheinung verkehrt. An diesem Anblicke entzündet sich unmittelbar das Gefühl des Mitleids und der Furcht, indem er die Erinnerung an die gottgesandten Leiden dieses vor Allen Begabten und scheinbar Beglückten weckt. Der Selbstherrliche, er ist so unselbständig geworden, dass ein jeder Schritt der leitenden Hand des seiner Natur nach hülfsbedürftigen Mädchens bedarf. Der die Wege der Gottheit mit der Fackel der Erkenntniss suchte, ihn umgiebt die Nacht, die Mutter der Schicksalsgöttinnen. Jeder Schritt ist ein gegebener, keiner ein selbst gewollter. Der Herr war in seiner Heimath, die er neugeschaffen dadurch, dass er sie erlöste von zerstörendem Unglück, er ist heimathlos, wie eine von ihrem Mutterboden losgerissene Pflanze. Unsere kosmopolitische Zeit vermag das Weh der Heimathlosigkeit den Alten nicht nachzuempfinden. Auch der Mensch ist aus einem Immobile ein Mobile geworden. Wir wissen aber, dass im Alterthum häufig der Tod der Verbannung vorgezogen wurde und können hieraus die Grösse des Schmerzes erkennen, welchen die Griechen, die von keiner überirdischen Heimath wussten, von ihrem Vaterlande getrennt, empfanden. So ist Oedipus einer Eiche vergleichbar, welche der Sturm,

---

*) Der obigen Auffassung der Tragödie entgegengesetzt ist die Ansicht, wonach die Dichtung zur Darstellung bringt, wie selbstbewusster Schuld eine entsprechende Strafe folgt. Der König Oedipus schickt sich nun insbesondere wenig zu dieser Ansicht. Daher hat Bernhardy (griechische Literatur-Geschichte II. 2. pag. 323) nicht umhin gekonnt, denselben „eine — wenn auch durchaus vereinzelte — Schicksalstragödie" zu nennen. Andere dagegen, wie Bunsen in seinem Werke: „Gott in der Geschichte," fassen auch das über den Oedipus hereinbrechende Verderben als Strafe für seinen Jähzorn und seine Leidenschaftlichkeit, ohne sich des Unverhältnissmässigen und somit Verletzenden der Strafe im Vergleiche zur Schuld bewusst zu werden. Man sollte meinen, die Dichtung selbst schütze vor solchem Irrthum, auch wenn nicht die von Aristoteles Rhetorik II. c. 8 gegebene Definition des Mitleids wäre. Eine solche Auffassung verwechselt die antike mit der modernen Tragödie, welche letztere eine wissentliche Verschuldung ihrer Helden kennt, und ist der die Gegensätze der grossen Zeitepochen geistreich verwischenden Manier eigen, in welcher Bunsen in dem angeführten Werke sich als Meister zeigt.

von dem man nicht weiss, von wannen er kommt und wohin er geht, der Fülle der Aeste und Krone beraubt hat. Aber der Mensch, dessen Abbild Oedipus ist, dessen noch so hell sehendem Auge die Wege des Lebens verborgen bleiben, er findet mit erloschenem Augenlichte den Weg zum Tode. Die Erinyen, welche die Wiege des Oedipus umstanden, sie umstehen als Eumeniden sein Grab.

Es bedarf nicht eines wiederholten Hinweises darauf, dass das uns vorgeführte Bild des Oedipus die Züge des menschheitlichen Leides trägt, welches durch solchen Anblick in der gemilderten Form des Mitleids und der Furcht in den Zuschauern nothwendiger Weise erregt und bis zu davon erlösendem ekstatischen Selbstvergessen gesteigert wurde.

Ohne Absicht und Willen betritt Oedipus an der Hand der Antigone den im Gebiete Athens, in der Feldmark des Fleckens Kolonos gelegenen Hain der Schicksalsgöttinnen, und ruht in ihm nach langer Wanderung. Erst von einem des Weges kommenden Koloner erfährt er, wessen Heiligthum er betreten hat. Der Fuss des hoffenden Menschen scheut sich den dem Schicksale geweihten Boden zu betreten und so will auch der Koloner den Fremdling von dem eingenommenen Sitze scheuchen. Dem Oedipus aber hat das Schicksal sich erfüllt. Ihm ist der Hain der Erinyen eine Heimath. Ein bedeutsamer Zug der Dichtung ist es auch, und als solcher hervorzuheben, dass neben den Erinyen dem Prometheus die Ruhestätte des Oedipus geheiligt ist. Denn Prometheus ist, wie erwähnt worden, das Urbild des von den Göttern getrennten, dem Schicksale verfallenen Menschen.

Dem Orakel folgend, wonach er vor seinem Ende Heil denen spenden soll, die ihn aufgenommen, Fluch denen, die ihn fortgebannt, sendet Oedipus nach dem Herrscher Athens, nach Theseus. Der Koloner entfernt sich, nachdem er seine Absicht erst die Bürger von Kolonos von des Fremdlings Ankunft in Kenntniss zu setzen, ausgesprochen hat. Nachdem Oedipus die Erinyen angerufen hat, verbirgt er sich nebst seiner Gefährtin in dem Haine, um, bevor er sich zeige, die Gesinnungen der erwarteten Koloner zu erforschen. Alsbald tritt der Chor aus Bürgern des nahen Fleckens gebildet auf, in erregter Stimmung nach dem unheimlichen Fremdling suchend, der „die heilige und rauhe Schwelle des nimmer betretenen Haines" zum Sitze erwählt hat. Ihm tritt aus dem Dunkel des Waldes an der Seite der jungfräulichen Antigone die tragische Gestalt des blinden Greises entgegen, und in den Worten, in welche der Chor bei diesem Anblicke ausbricht: „O Graun, o Graun! wie furchtbar dem Blick!" bebt die Empfindung, welche sich der Zuschauer bemächtigt. In meisterhafter Weise steigert die folgende Scene diesen Affekt. Mit drängendem Worte treibt der Chor den Oedipus aus dem den Erinyen geweihten Bereiche und der Wechsel der Ruhestätte führt in steigendem Maasse die Hülflosigkeit des Heroen vor, dem der treue Arm der zarten Jungfrau den Sitz bereiten muss. Mehr als in anderen Meisterwerken ist hier die tragische Wirkung in die ὄψις verlegt; es ist dies aber bei dem Charakter der Dichtung als eines Schlussdramas *) unvermeidlich. Die Möglichkeit durch Schicksalswechsel die tragischen Leidenschaften zu erregen, ist in einem solchen beschränkt und der Dichter darauf angewiesen, diese Affektionen dadurch zu steigern, dass er in dem Bilde des Menschen die Grösse seines Leidens dem Zuschauer entgegenhält. Aber auch diejenigen griechischen Tragödien, welche der ὄψις eine möglichst geringe Bedeutung einräumen, bedürfen und verlangen in weit höherem Grade als die modernen Dramen die Mitwirkung des Auges und Ohres der Zuschauer, weil die Dichtung unmittelbar aus lebendiger Darstellung hervorgegangen ist. Wie die Platonischen Dialoge durch die uns häufig weitläufig erscheinende Weise der Frage und Antwort auf die lebendige Fülle und Beweglichkeit der Rede uns hinweisen, aus der sie hervorgegangen sind, so erinnern uns die antiken Trauerspiele, vor Allem in den Gesängen des Chores, an die Abhängigkeit der Dichtung von der Darstellung.**) Denn wir entbehren mit der Aufführung zwei wesentliche Momente des Chors: die Musik und den Tanz. Wir können daher aus dem Eindrucke den schon die Worte des Textes auf den Leser hervorbringen, nur darauf schliessen, wie überwältigend der Vortrag des von ausdrucksvollem Tanze begleiteten Liedes gewesen sein muss, in welchem Oedipus dem forschenden Chore sein Leid enthüllt. Wie durch die Anschauung so durch das Mittel einer bewegten und von tiefer Empfindung getragenen Erzählung, welche vergangene Leiden dem Zuschauer vergegenwärtigt, wirkt hier der Dichter Mitleid und Furcht und gewinnt den affektvollen Eindruck, welchen der Oedipus Rex durch Darstellung der Leidensgeschichte des Oedipus in ihrer Entwickelung macht, für unsere Tragödie und nimmt ihn gleichsam in sie mit herüber. Dieser Eindruck aber erfährt hier, insbesondere durch das in diesem Trauerspiele mehr als in jedem anderen wirksame musikalische Element***) eine zur Katharsis führende Steigerung. Der klagende Wechselgesang des Oedipus und der Koloner muss auf die Zuhörer überwältigend wirken und das erschütterte Bewusstsein in süsse Wehmuth sich verlieren.

---

*) Wir beziehen uns hier auf das oben Gesagte. Der Oedipus Coloneus ist zwar nicht das Schlussglied der Trilogie, welches Antigone ist, wohl aber der dem Oedipus Rex nothwendige, ihn unmittelbar ergänzende Abschluss.

**) Aus diesem engen Bezuge der Dichtung zur Darstellung erklärt sich auch, dass der Dichter als Führer der Chors an der Aufführung Theil nahm.

***) Wie in dem Bacchuskultus so in der Tragödie ist die Musik ein vorzügliches Mittel zur Herbeiführung der Ekstase oder Katharsis. Die Musik wirkt hier magisch, durch das Wesen des Tones selbst, während sie in dem Dienste des Apollon, dessen Kultus sie ebenfalls wesentlich ist, durch die rythmische Folge der Töne ihre Wirkung übt und so durch das Gesetzmässige in ihr dem Gotte dient, welcher, wie das ihm geheiligte Symbol der scharf begrenzenden Sonne, feste gesonderte Form und das Leben normirende Gesetze schafft. Diese Musik wirkt durch das architektonische Moment in ihr, jene bacchische und tragische durch das rein Musikalische in der Musik. Die Apollinische Musik als eine ethische, charaktervolle, ist es, welche Aristoteles als Erziehungsmittel empfiehlt.

Durch das Flehen der Antigone und des Oedipus bewegt, steht der Chor davon ab, den fluchbeladenen Fremdling aus dem Lande zu treiben und erklärt, die Entscheidung des Theseus abwarten zu wollen. Hierdurch ist eine der Grösse der Erscheinung entsprechende Spannung bei den Zuschauern hervorgerufen. Mit Erwartung sehen sie dem Auftreten des atheniensischen Nationalhelden entgegen, von dessen Beschlussfassung es abhängen wird, ob der gramgebeugte Greis wiederum unwirthlicher Fremde überliefert werden, oder ein Ziel seiner Leiden finden soll; eine der für Athen besonderen Bedeutung des Heroen würdige Stellung.

Aber auch bis an die Schwelle der betretenen Freistatt schlagen die Wogen des Leids an. Ismene bringt die Nachricht, dass auch die Söhne des Oedipus dem Fluche seines Geschlechtes verfallen sind. Sie haben sich über die Herrschaft Thebens entzweit, der jüngere hat den älteren Bruder vertrieben und dieser zieht mit einem in Argos geworbenen Heere gegen seine Vaterstadt, um jenen vom Throne zu stossen. In diesen Zwist wird Oedipus unmittelbar hineinverflochten. Denn da ein Orakel an seinen Körper den Sieg geknüpft sein lässt, so sucht ein jeder der Brüder sich des Vaters zu bemächtigen, und noch einmal versucht das schicksals- und leidvolle Leben den Oedipus in seinen Strudel zurückzuziehen. Dies berichtet ihm warnend die in der Ferne für den Vater sorgende Ismene, Leid zu Leiden häufend. Denn neue Qual bereiten ihm seine Söhne, welche, nachdem sie von dem Vater abgefallen es den Schwestern überlassen haben für den Hülfsbedürftigen Sorge zu tragen, das natürliche Liebesverhältniss in sein Gegentheil verkehren, indem sie zu eigennützigem Zwecke den Vater seiner endlichen Ruhestätte entreissen wollen. Der alte Fluch, der den Oedipus wider seinen Vater getrieben, erneut sich in der Feindschaft der Söhne gegen ihn. Dieses Leid, eine Steigerung des aus dem Oedipus Rex herübergenommenen, ist unserer Tragödie eigenthümlich.

Bis an die Grenze des Lebens folgt dem Menschen des Lebens Qual; nur im Tode ist Rettung. Das Leben selbst erscheint wie ein Unrecht, denn auf der Stufe des nachhomerischen hellenischen Bewusstseins ist es ein Getrenntsein von Gott. Diese fundamentalen Gedanken des Dionysoskultus sind der Inhalt unserer Tragödie, deren Entwickelung die Zuschauer mit erwartungsvollem Bangen erharren. Denn von ihr hängt es ab, ob Oedipus dem Leide zurückgegeben werden soll, und hierdurch sie selbst dem durch die heftig erregten Affektionen des Mitleids und der Furcht gequälten Bewusstsein überlassen bleiben sollen, oder die ersehnte Ruhe im Tode findet und durch solches Ende alles Leid eines disharmonischen Bewusstseins in dem harmonischen Gefühle der Wehmuth untergeht.

Zu dem Walten des Schicksals aber nimmt Oedipus jetzt eine andere Stellung als früher ein. In dem Oedipus Rex erscheint er als der Eigenmächtige, Gewaltige, der ankämpft gegen das Schicksal, wie ein Schiff mit Steuer und Segel gegen die anstürmenden Wellen sich zu behaupten versucht; nunmehr aber wird er willenlos von den Wogen des Lebens wie ein Wrack getragen; eine Zeit lang noch hält es dem Andrange Stand, bis es in den Schooss des rauschenden Meeres versinkt. Erschütternd ist die Ironie, mit welcher das Schicksal waltet. Der Geistes- und Willensmächtige hat dem Verderben sich nicht entziehen können; an den Gebeugten, Machtlosen ist die Verheissung grossen Erfolges geknüpft. Die ganze Unseligkeit des der Schicksalsidee zu Grunde liegenden Gottesbewusstseins ist hiermit von dem Dichter ausgesprochen.

Nachdem Ismene, dem frommen Verlangen des Chors nachgebend, in den Hain der Eumeniden gegangen ist, um an Stelle des Vaters und für denselben den Göttinnen zu opfern und Oedipus den Kolonern in klagendem Wechselgesange sein Leid erzählt hat, erscheint nach all den Klagen Trost bringend Theseus. Er gestattet dem Oedipus nicht nur im Gebiete Athens zu weilen, als Gast und Leidtragenden ihn ehrend, sondern sagt ihm auch seinen starken Schutz zu gegen die Versuche der Söhne, sich seiner zu bemächtigen. Hierfür verheisst ihm Oedipus die Unbesiegbarkeit seines Landes für alle Zeit, welches seinem müden Leib eine ewige Ruhestätte bietet. Besonders deutlich tritt hier der durchgehende patriotische Bezug der Dichtung zu Tage, in welcher das Gelegenheitliche mit dem Allgemeingültigen in meisterhafter Weise zu einem Ganzen verwebt ist.*)

Wie die leuchtende Figur des heimischen Heros gegen die tragische Gestalt des blinden Greises kontrastirt, so hebt sich gegen den dunklen Hintergrund der Zwietracht die friedliche Stille des Ruhe verheissenden Haines der Eumeniden ab, welchen Lorbeer, Rebe und Oelbaum erfüllt und dichtflatternd Nachtigallen lieblich durchflöten. Der Gegensatz schärft die Empfindung für den Heimathssegen und so ist es natürlich, dass der Chor diesem Gefühle in dem köstlichen, die Heimath preisenden Gesange Ausdruck giebt. Hier sehen wir, dass die Tragödie in ihren lyrischen Stellen auch durch Erregung von Freude die Katharsis herbeizuführen suchte, wie der ihr zu Grunde liegende Bacchusdienst neben den Empfindungen des Leides den Jubel weckte, um die Ekstase hervorzurufen.

Aber kaum dass das Jubellied verklungen, so hebt mit der Ankunft des Kreon das gefürchtete Leid an. Kreon, der mit zahlreichem kriegerischen Gefolge auftritt und schon hierdurch seine Absicht kund giebt, nöthigen Falls gegen den Oedipus Gewalt zu brauchen, versucht erst mit süssem, an die Heimath rührendem Worte den Oedipus zu locken, aber der zornigen, abweisenden Rede des Labdakiden gegenüber, in welchem die Erkenntniss des Truges die leidenschaftliche Gewalt früherer Tage aufregt, schreitet er dem wehrenden Rufe der Kolonischen Männer trotzend zu offener Gewalt, indem er die Antigone ergreifen und wegführen lässt. Ja an den Oedipus

---

*) Nur den ersteren Bezug heben diejenigen hervor, welche die Bedeutung dieser Tragödie zu einer rein politischen machen.

selbst legt er gewaltthätig Hand an und würde ihn rauben, den Widerstand des Chors brechend, wenn nicht zu rechter Zeit der Held Theseus erschiene, von dem Angstgeschrei herbeigeführt. Durch diese Scene ist die Erregung der Zuschauer auf das Aeusserste gebracht. Wird Theseus noch zu rechter Zeit erscheinen? Oder wird Oedipus der Ruhe entrissen und dem Leide zurückgegeben werden? Diese Fragen spannen und bannen den Zuschauer, dessen Empfindung durch die musikalische Weise des Gesanges gefangen genommen ist, in welcher der Kampf der Einheimischen gegen den gewaltthätigen Fremden hin und her wogt. Von diesem Zwange der Sorge löst das Erscheinen des Theseus, dem der patriotische Sinn des Dichters das schöne Amt des Retters zuweist. Er setzt die Verfolgung der Räuber der Antigone und Ismene ins Werk und seine siegreiche Ruhe giebt uns im Voraus die Gewissheit des Erfolges. Auch in dieser Scene weiss der Dichter die tragischen Affekte in der ihnen gegebenen Steigerung zu erhalten, dadurch, dass Oedipus dem harten Worte des Kreon gegenüber, welcher schon in dieser Tragödie als Mann der Satzung, aller Scheu vor dem unbegriffenen Walten der Gottheit entbehrend und hierin dem Pentheus in den Bacchen des Euripides vergleichbar, charakterisirt wird, sein gottgegebenes Leid dem Zuschauer von Neuem vorführt. Allein diese Stelle der Dichtung hätte davor bewahren müssen, das Schicksal des Oedipus als strafende Folge einer selbstbewussten Schuld zu fassen. Für jeden Unbefangenen deutlich ist der Fehl des Oedipus von dem Dichter als ein nicht bewusster bezeichnet. Sein Leiden ist allerdings Folge der Sünde, aber der Erbsünde, in welcher fremde und eigene Schuld unlösbar verknüpft sind. Wie die Ursache aber, so ist das Leid ein gemeinsames, welches nur eine besondere Fassung des menschheitlichen Leides ist und deshalb nicht bloss die matte Empfindung des Mitgefühls hervorruft, für welche wir ohne Unterscheidung uns des Wortes Mitleid bedienen, sondern das starke Gefühl des Mit-Leidens.*)

Der Zeitraum von dem Abgange bis zum Wiederauftreten des Theseus wird durch ein Chorlied ausgefüllt, welches die Sehnsucht des Chores ausdrückt an der Verfolgung und dem Kampfe Theil zu nehmen und den Mitbürgern Sieg erfleht. Die lebhafte Weise des Gesanges und der erregte Rythmus des Chortanzes mussten die Seele des Zuschauers in Schwingungen versetzen und aus sich herauslocken in die harmonischen Bewegungen ineinander verschlungener Töne und Reigen. Wir haben rauschende Musik und ausgelassenen Tanz als die nothwendigen Mittel zur Herbeiführung der bacchischen Katharsis im Dionysoskulte erkannt. Derselben Mittel zur Erregung der tragischen Katharsis bedient sich die Tragödie, eben weil sie nichts anderes ist, als ein potenzirter Dionysoskultus; nur dass wie die tragische Katharsis eine künstlerische Verklärung der ursprünglich dionysischen ist, so der Gesang und

---

*) Auf den Unterschied zwischen ἔλεος und Mitleid hat schon H. Abeken aufmerksam gemacht in seiner Abhandlung: Die tragische Lösung im Philoktet des Sophokles. Berlin 1860.

Tanz der Tragödie die schönen Fesseln maassvoller Kunst tragen, und dass hier nicht die Ausübung dieser Künste sondern die durch Auge und Ohr vermittelte Theilnahme an denselben die kathartische Wirkung hervorruft.

Was der Chor erbeten und der Zuschauer gehofft, es erfüllt sich. Die geraubten Töchter bringt Theseus dem Oedipus wieder zurück und die Qual leidenvoller Erwartung endet in dem süssen Gefühle der Wehmuth bei dem Anblicke der thränenreichen Freude der wieder Vereinigten. Aber die Leiden des Lebens sind noch nicht beschlossen. Noch einmal tritt die Versuchung des Lebens an Oedipus heran in der verlockenden Gestalt des eigenen unglücklichen Sohnes, eine Mahnung, dass solange die Brust des Menschen vom Athem gehoben wird, er dem Leide verfallen ist. Nur im Tode ist Ruhe; das höchste Glück ist nie geboren zu sein, der zweite Gewinn, dass der Mensch in Eile dahin rückkehre, woher er entsprossen. Diesen Inhalt unserer wie jeder griechischen Tragödie spricht der Chor in tief ergreifendem Liede aus. Dieser Gesang ist recht eigentlich das Trauerlied der antiken Welt, die von dem Leiden der Gottverlassenheit im Tode Erlösung sucht. In ihm ist der Klagelaut, welcher nach Solgers richtiger Empfindung die äussere Herrlichkeit und Freude des hellenischen Lebens durchzieht, harmonisch gefasst. Der tragische Dichter besingt, ein umgekehrter Homer, des Lebens Leid und das Glück des Todes und verkehrt durch solchen Gesang die Qual des Leidens in Leidenslust, in Wehmuth die Seele lösend. Denn durch traurige Weise lockt er allen Schmerz aus den Tiefen der Seele und bereitet ihr seeliges Selbstvergessen, und seine Dichtung ist das Schlaflied für den seinerselbst müden Menschengeist.

Wie Kreon so versucht Polyneikes den Oedipus, an dessen Besitz der Sieg geknüpft ist, für sich zu gewinnen. Ohne Waffen, ohne Gefolge tritt er auf, aber ausgerüstet mit der mächtigeren Fürsprache eines ihm mit dem Oedipus gemeinsamen Unglückes. Denn auch er erscheint als Verbannter, durch den Bruder, dessen Abgesandter Kreon den Vater noch eben bedroht hat, der Heimath und Herrschaft beraubt. Das Mitleid braucht er als Waffe gegen den Vater, den er durch offenes reuiges Bekenntniss seiner Mitschuld an dem Elende jenes zu gewinnen sucht. Aber vergeblich ist sein Bemühen; mit harten Worten scheucht Oedipus ihn von sich und erneut den schrecklichen Fluch, der sein Geschlecht erschlägt. Wenn gleich wir an dem Jammer des Oedipus die Grösse der Verschuldung des Polyneikes vor Augen haben, wenn wir auch festhalten, dass eine egoistische Absicht den Sohn zu dem verlassenen Vater führt, dass er in empörender Weise Vortheil sucht in dem Leiden jenes, es verwundet dennoch diese furchtbar ergreifende Scene durch ihre Härte unser Gefühl. Wir treffen hier auf die Schranken des antiken Bewusstseins, an welche unsere höhere christliche Anschauungsweise sich stösst, welche verlangt, dass, um mit Hegel zu sprechen,*)

---

*) Hegel's Aesthetik Bd. III. S. 558. Werke Bd. X. 3.

das Herz selbst zum Grabe des Herzens werde, dass das Gebot walte: liebe deine Feinde. Nicht als ob wir forderten, dass Oedipus dem frevlen Spiele seines Sohnes nachgebe und so den einen rettend dem anderen Verderben bringe, sondern Trauer soll an die Stelle des Zornes treten und Segen an die Stelle des Fluchs. Je mehr aber die Härte des Oedipus uns verletzt, um so mehr rührt uns die liebende Milde der Antigone, welcher die Bitte des Bruders, ihn zu bestatten, wenn er gefallen, die Liebespflicht auflegt, die sie selbst dem Todten nachzieht. Durch diese Stelle weist unser Drama auf das Schlussglied der Trilogie,*) auf die Antigone hin, die rührendste und unserer Empfindung nächst stehende antike Tragödie; denn Antigone leidet, ohne thätigen Antheil zu haben an dem Frevel ihres Geschlechts, um der Liebe willen.

So hat das Leben zum letzten Male seine Macht an Oedipus versucht und sein Ende bereitet sich vor. Ein heftiges Gewitter erschüttert Luft und Erde. In diesem Phänomen, in welchem der Himmel der Erde sich eint, hat das unbefangene menschliche Gefühl von je her das Nahen der Gottheit empfunden. Auch Oedipus hört in dem Donner die Gottesstimme, die ihn ruft und sendet schleunig zu Theseus, um vor seinem Scheiden ihm den Sieg verheissenden Segen zu spenden als Dank für seinen Schutz. Ihm enthüllt er die allen Uebrigen, auch den eigenen Töchtern, verborgene Stätte seines Todes, an welche die Verheissung des Sieges für die Athener geknüpft ist, mit der Aufgabe, dass immer nur der edelste der Bürger im Besitze dieses Geheimnisses sei, um den Segen des Ortes dem ganzen Lande zu sichern. Ohne Stütze und Leitung wandelt der blinde Greis die Sehenden führend in den Hain . der Schicksalsgöttinnen und verschwindet in dem Dunkel des Heiligthums. Aus der Nacht des Schicksals wird der Mensch zum Lichte geboren, die Schatten des Schicksals verdunkeln sein Leben, bis er in die Nacht zurückkehrt, aus der er hervorgegangen. So Oedipus, das Bild des Menschen. Ihm nach aber tönt das dunkle schwermüthige Chorlied, ein Gebet an die Herrscher der Unterwelt, den Tod dem leicht zu machen, dem das Leben so schwer gewesen.

Bald kehrt einer von denen, welche dem Oedipus in den Hain gefolgt sind, zurück und berichtet dem Chore seinen Hingang. Nachdem er durch Bad und Opfertrank wie zu einer gottesdienstlichen Handlung sich bereitet und rührende Worte zu den Töchtern gesprochen habe, dem Theseus an's Herz sie legend, habe er auf den Mahnruf der Gottesstimme: „Oedipus! was zögern wir zu gehen? Schon längst versäumst du deine Pflicht!" — alle, auch die Töchter, von sich gesendet; nur den Theseus habe er bleiben heissen. So seien sie gegangen und als nach kurzer Zeit sie den Blick zurückgewandt, da habe Theseus allein gestanden, „sich das Aug' um-

---

*) Die Zeit der Aufführung der drei Dramen Oedipus Rex, Oedipus Coloneus und Antigone ist für die Frage, ob sie in innerem trilogischen Bezuge stehen, irrelevant, wie oben gezeigt worden ist.

schattend, die Hand am Haupt, als ob ein Graunbild ihm erschienen unertragbar seinem Blick."*) „Doch welchen Todes jener starb, das wird kein Mensch verkünden ausser Theseus' Haupt. — Denn weder hat des Gottes Donner ihn mit seiner Glut gemordet noch ein Sturm des Meeres, das sich damals wild erhob. Ein Götterbote nahm ihn, oder mild erschloss sich schmerzlos ihm der Nachwelt Kluft."

So ist der Tod allein der Befreier vom Leide, weil das Leben selbst das Leiden ist. —

Würdig der ganzen Dichtung ist der Schlussgesang, in welchem Antigone und Ismene den Vater beweinen. In sehnsüchtige Liebesklage verklingt das Trauerlied der Tragödie und die wunderbar süsse und innige Weise des Gesanges, dessen Seele die warme das Leben ausdauernde, den Tod überdauernde Liebe der Antigone ist, machen unsere Tragödie, den Schwanengesang des Dichters, zum Hohen Liede des griechischen Trauerspiels. — Zuletzt betritt noch die herrliche Gestalt des Theseus, des Götterfreundes die Bühne. Er verheisst den verlassenen Mädchen sichere Rückkehr nach Theben, wohin Antigone, der gute Genius des Labdakiden-Geschlechts, verlangt, „ob dort ihr etwa dem Morde zu wehren gelingt, der den Brüdern droht"; er endet die Klage, der Retter in der Noth, der Heros und Repraesentant Athens. —

So haben wir, die Tragödie des Oedipus Coloneus Scene für Scene durchgehend, alle Momente in meisterhafter Entwickelung in ihr angetroffen, welche zur Κάϑαρσις τῶν παϑημάτων d. h. zur Ekstase führen mussten, während die kathartische Empfindung selbst, eben weil sie Empfindung ist, wie schon gesagt, direkter Demonstration entzogen war. Das Leid des Gottesbewusstseins wird von dem Dichter in unerreicht tiefer Symbolik dem griechischen Menschen vorgeführt und schon durch diese Darstellung des Leidens lastender Druck gehoben. Die Qual des Schmerzes lindert das befreiende Wort. Das Leid wird empfunden in der milderen Form des Mitleids. Aber noch grösseren Segen spendet der Dichter, der durch Wort und Gestalt, durch bestrickenden Tanz und die magische Gewalt bald jubelnden bald tiefstes Weh ausstöhnenden Gesangs die Wogen des Mitleids immer höher und höher anschwellt, bis Lust und Leid die Fesseln des Bewusstseins sprengen und der leidvolle Geist unter Schauern der Lust in das Allleben verfliesst. Solch seliges Selbstvergessen schafft vor allen unsere Tragödie durch die Gewalt ihres Inhalts und den Zauber ihrer Form. Den Tod nachahmend wirkt sie dem leidvollen Bewusstsein den Nachahmer des Todes, den stärkenden Schlaf.

In der Trilogie des Prometheus, die uns nur theilweise erhalten ist und in der Tragödie vom Oedipus haben wir die Meisterwerke der Aeschyleischen und Sopho-

---

*) Wir folgen hier wie bei den früheren Citaten der metrischen Uebersetzung von F. Fritze.

kleischen Muse bezeichnet, denn in ihnen ist der Konflikt des Gottes- und Selbstbewusstseins in seiner ganzen Tiefe aufgefasst und mit wunderbarer Energie zur Darstellung gebracht. Aeschylus, der frühere, wählte als Stoff seiner Dichtung den Abfall des Menschen von dem alten Götterglauben und somit den Beginn des tragischen Kampfes. Der Vorwurf des Sophokles ist das Ringen des Menschen mit der dunklen Schicksalsgewalt, die Gottessucht des Gottgelösten, ein Kampf, der den tragischen Untergang der Person zur Folge hat. Als Dritter zu den Beiden tritt Euripides, in einem Drama ihnen ebenbürtig, in den Bacchen. Diese Tragödie, deren grossartige Leidenschaftlichkeit auch diejenigen empfinden, welche häufig aus ästhetischer Prüderie sich darin gefallen, den Euripides zu verdammen, behandelt die letzte Phase des Gottesbewusstseins, den Dionysoskultus. Wir haben gesehen, welche Bedeutung dieser Kultus hatte; er war die Folge der Zerrissenheit des Bewusstseins, ein Zurücksinken des Menschen in den Strom der Allnatur und somit eine Befreiung von den Leiden des Bewusstseins. Aus ihm hatte sich die Tragödie organisch entwickelt, ein höherer Bacchusdienst, befreiend wie dieser, aber zugleich den Menschen rettend. So ist die Tragödie zu sich selbst zurückgekehrt, indem sie den Dionysosdienst zum Inhalte nimmt, und ganz in sich beschlossen. Die drei tragischen Dichtungen Prometheus, Oedipus und die Bacchen — Ausgang, Mitte und Ende — sie enthalten die ganze tragische Geschichte des griechischen Gottesbewusstseins und neben Aeschylus, Sophokles und Euripides ist nicht Raum für einen vierten Tragiker. So nimmt die Tragödie Theil an der abgeschlossenen Vollkommenheit der übrigen antiken Künste. Wie sie sich aus den Chorgesängen gebildet hatte, indem aus dem Flusse der Töne und Reigen sich einzelne konkrete Gestalten sonderten und so die Einzelrollen, erst zwei, dann durch Sophokles drei, sich bildeten, so kehrt sie am Ende zu dem im Anfange prävalirenden musikalischen Elemente zurück.*) Die Bacchen des Euripides wirken unmittelbar wie Musik, welche diese Tragödie durchwogt in den leidenschaftlichen Gesängen des Chores, an alle Nerven rührend und zu wonnigem Schmerze reizend und zu krampfhafter Lust. Euripides behandelt die Leidenschaften, die er darstellt, wie ein Musiker die Töne. Wie Tonwellen steigert er sie und treibt sie durcheinander. Bald weint er leise, bald schreit er auf im Schmerze der Verzweiflung; bald jauchzt er, aber durch die Freude klingt ein tiefer Trauerton; bald klagt er in schwermüthigem Liede, aber die Klage ist eine wonnige, hat Lust am Leide. In einem Grade wie wenige zu seiner Zeit empfand er die ganze Schärfe des Zwiespaltes des Bewusstseins, und den in seinen Tiefen selbst empfundenen Schmerz solchen Zerrissenseins klagt er aus in der Dichtung, durch welche er sich und seinen Zuhörern

---

*) Hieraus erklärt sich der von Aristoteles in der Poetik gerügte Umstand, dass der Text der Chorlieder bei Euripides häufig in keinem Zusammenhange mit dem Inhalte der Tragödie steht. Das musikalische Element prävalirt über das im engeren Sinne poetische.

das Leiden wandelt zur ekstatischen Lust. *) Die dem Euripides eigene besondere dämonische Gewalt in Erregung und Steigerung der Leidenschaften ist der Grund, weswegen er dem Aristoteles der am meisten tragische ist unter den Tragikern.

Wir können uns den Unterschied der Sophokleischen und Euripideischen Muse an zwei Meisterwerken antiker Skulptur veranschaulichen, an der Niobe und an dem Laokoon, in welchen Gestalten die Skulptur, nach ihren Gesetzen den Inhalt der Tragödie verarbeitend, wie diese den Tod verherrlicht hat.**) Der Niobe ganzes Leid hat der Künstler mit ihren Zügen in den Stein geschrieben. Ihr Antlitz ist das Antlitz des Schmerzes; die Züge sind erstarrt vor übergrossem Weh; sie ist ein Bild des Leidens selbst, eines übermenschlichen Leidens. Aber der Befreier Tod ist ihr nahe, er löst die Starrheit der Züge, über welche schon seine weichen Schatten sich breiten; er schliesst das vom Entsetzen weit aufgerissene Auge, er senkt das schreckvoll emporgerichtete Haupt. Und das gewaltige Gefühl des Mitleids, welches der Brust entsteigend dem Betrachter das Haupt umfängt, löst sich in milde Wehmuth. Wen, der sie einmal gesehen, erinnerte nicht die grossartige Milde mit welcher der Stoff behandelt ist, die tiefe Wehmuth, welche in den festen Grenzen strenger Schönheit sich hält, an die Dichtungen des Sophokles? — Auch der Bildner der Laokoongruppe hat sich ein gottgesandtes zerstörendes Leid zum Vorwurf genommen und den Moment dargestellt, welcher das höchste Leid zur vollen Leidlosigkeit hinüberführt. Mit den Schatten des Todes sind die Lichter des Lebens durchsetzt, welche auf dem Antlitze des Laokoon spielen. Aber die Auffassungs- und Behandlungsweise ist hier eine andere. Fast die Bande der Muskeln und Sehnen sprengend, drängt sich das übergrosse Weh hervor, welches den mächtigen Körper zerreisst. Die ethische Bedeutung des Leides der Niobe gestattete, es gleichsam zu verhüllen mit der Maske starrer Ruhe; der Bildner des Laokoon hingegen stellt höchsten körperlichen Schmerz dar, um die ganze zerstörende Gewalt des Leidens grell zur Anschauung zu bringen. Den Schmerz der Niobe verklärt eine tiefe Wehmuth; der Schrei von den Lippen des Laokoon klingt wie entsetzliches Lachen.***) Aber — sonst würde man den Anblick nicht ertragen — auch an dem Laokoon übt im Momente höchsten Leidens der Tod seine befreiende Macht. Wir sehen die letzte Anspannung des Körpers, schon umfängt der Tod das Haupt, und im nächsten Momente löst er die Glieder. — So dichtete der Kenner des Leidens Euripides. Wie aber die Grösse und Ge-

---

*) Wir verweisen auf die schönen Worte Bernays' über Euripides in der oben angezogenen Abhandlung.

**) Beide Meisterwerke sind uns durch glückliche Fügung erhalten, der Laokoon unbestritten im Originale, die Niobidengruppe zum wenigsten in einer schönen Copie von griechischer Arbeit.

***) Die Klänge der Stimme bei ekstatischer Freude gleichen denen bei ekstatischem Schmerze. Dies wusste der Künstler des Laokoon, ein Kenner des Leides, und bildete danach sein Kunstwerk, in welchem eine feine und richtige Betrachtung die Züge des Lachens gefunden hat.

walt der Euripideischen Dramen in der Bildung des Laokoon sich wiederfinden, so auch ihr charakteristischer Mangel; denn auch der Laokoon hat etwas subjektiv Beschränktes, etwas Rhetorisches im Gegensatz zu der stillen rein objektiven Grösse der der Sophokleischen Muse wesensverwandten Niobe.

In Einem aber kommen die Werke der tragischen Meister überein, in dem, was Aristoteles als das Wesen der Tragödie bezeichnet, in der kathartischen Wirkung. Die Hervorrufung der Ekstase war der Beruf des antiken Trauerspiels, welches ein Bedürfniss der vorchristlichen Menschheit war und blieb, weil sie in ihm wenn auch nur kurz dauernde Linderung des Gottesleides erfuhr durch ekstatisches Selbstvergessen. — Aber dem erwachten Menschen erwachte neue Qual. Wir wissen aus der Geschichte, dass die Gottverlassenheit des Bewusstseins, das Endschicksal der alten Welt, zur Vernichtung der davon betroffenen Menschheit zu führen drohte; — als die Thatsache der Erlösung eintrat. Durch diese Thatsache ist das Gottes- und Selbstbewusstsein thatsächlich ein anderes geworden, und somit sind die Elemente des geschichtlichen Lebens für uns andere als für die Griechen. Das neue Leben treibt neue, eigene Blüthen. Wie mit dem erlösten Bewusstsein das Reich der Freiheit, das Reich der Person anhebt, so ist es die freie Person, welche der Spiegel des Lebens, die Dichtung, in ihren Kämpfen und Leiden, in ihrer Verschuldung und der Sühne derselben schildert.*) Hier ist der tragische Konflikt in die Person verlegt; hier ist Schuld, weil Freiheit.

Auch die moderne Tragödie erregt Mitleid und Furcht und befreit zugleich von diesen Affektionen. Auch sie erhebt den Menschen über seine individuelle Subjektivität, aber sie führt das Individuum nicht zur Allnatur zurück mittelst der Ekstase sondern sie dehnt es aus bis zu der Grösse einer mächtigen Persönlichkeit. An ihrer Grösse richtet der Zuschauer sich empor, vor dem Mitgefühl ihres Leidens weicht die enge Empfindung kleinlichen alltäglichen Mitleidens und Fürchtens. Durch magischen Vorgang wird der Zuschauer selbst gross durch die Grösse des Helden. Der niedrigen Region des Alltags- und Einzellebens enthebt der Dichter die, welche ihm folgen und stellt sie auf die Höhen der Menschheit. So ist es der modernen Tragödie mit der antiken gemein von Leiden zu befreien, aber das in ihr zur Anschauung gebrachte Leid ist nur ein menschliches, kein Gottesleid, und sie befreit auch von menschlichem, nicht von göttlichem Leid. Dieser Bann des Bewustseins ist durch

---

*) In den antiken Tragödien ist nach Aristoteles' Ausspruch das erste, die Seele des Dramas: die Fabel; in den modernen Trauerspielen: der Charakter. Und wie der Inhalt der Dichtung ein anderer ist, so ist die Thätigkeit des Dichters eine verschiedene. Das Haupterforderniss des modernen Dichters ist die Phantasie, welche die Kraft der Person ist, die Elemente der Welt zu neuen Formen zu gestalten, während die antiken Dichter im allgemeinen gegebene Stoffe behandeln. Nicht in der Phantasie besteht die poetische Kraft der griechischen Tragiker, welche vielmehr im Gegensatze zu den modernen sich zum Organe machen für die gegebene Welt, statt zu einer neuen, einer Welt der Phantasie, sie umzugestalten.

die Thatsache der Erlösung gelöst, in welcher Gott dem Menschen als Person erschienen ist. So ist auch die Person das befreiende Element der neueren Tragödie, während das antike Trauerspiel durch die Ekstase den Menschen zur Natur zurückführte
als zu einer Freistatt. So ist der Untergang des tragischen Helden im modernen
Trauerspiel ein Triumph der Person und wie ein himmlisches Gestirn über dem to-
senden Meere, leuchtet über den das Leben verschlingenden Wogen des tragischen
Kampfes die Idee der Persönlichkeit.

So fern sind uns das antike Bewusstsein und seine Gestaltungen, dass es einer
Selbstverläugnung bedarf, um die Erkenntniss davon zu gewinnen. Nur wenigen gelingt dies, und so sehen wir, dass die griechische Tragödie von den Meisten durch
Unterschiebung moderner Ideen und Anschauungsweisen in ihrem Wesen verkannt
wird. Auf solcher Unkenntniss aber beruhen die vergeblichen Versuche sie zu erwecken in der eigenen Sprache und Literatur. Nur aus dem leidvollen Ringen und
Kämpfen der Menschheit mit dem ihr verhüllten Gotte konnte die grossartige Erscheinung der griechischen Tragödie hervorgehen. Mit dem Bewusstsein, das sie er-
zeugte, gehört auch sie der Vergangenheit, aber der Vergänglichkeit enthebt sie ihr
menschheitlicher Gehalt.

Druck von W. Pormetter in Berlin. Neue Grünstrasse 30.